陈舜臣随笔集

作为地球人

〔日〕陈舜臣 著
吕东升 吕骥飞 译

中国画报出版社·北京

图书在版编目（CIP）数据

作为地球人 /（日）陈舜臣著；吕东升，吕骥飞译
. -- 北京：中国画报出版社，2020.12（2021.11重印）
（陈舜臣随笔集）
ISBN 978-7-5146-1765-8

Ⅰ. ①作… Ⅱ. ①陈… ②吕… ③吕… Ⅲ. ①随笔—作品集—日本—现代 Ⅳ. ①I313.65

中国版本图书馆CIP数据核字(2019)第156826号

作为地球人
[日] 陈舜臣 著　　吕东升　吕骥飞 译

出 版 人：于九涛
审　　校：崔学森
责任编辑：李　媛
责任印制：焦　洋
营销主管：穆　爽

出版发行：中国画报出版社
地　　址：中国北京市海淀区车公庄西路33号　邮编：100048
发 行 部：010-88417438　010-68414683（传真）
总编室兼传真：010-88417359　版权部：010-88417359

开　　本：32开（880mm × 1230mm）
印　　张：5.75
字　　数：65千字
版　　次：2021年1月第1版　　2021年11月第2次印刷
印　　刷：三河市金兆印刷装订有限公司
书　　号：ISBN 978-7-5146-1765-8
定　　价：48.00元

目录

I　三国的世界

Ⅱ 超越民族主义的精神

Ⅲ 中国近代的苦恼

Ⅰ 三国的世界

我的三国故事

——陈舜臣先生，我们知道您最初是以推理小说作家的身份登上文坛的，但在1967年您43岁的时候，又创作出了长篇历史小说《鸦片战争》（全3卷）。此后，您一直以近现代中国历史为素材进行小说创作。这些作品彰显了您非同一般的历史学识以及强大的语言表达能力，同时也将您那独具特色的历史世界呈现在世人面前。但是，不久之后，您又开始转向《秘本三国志》等描写中国古代历史作品的创作。下面，请您谈一谈其中的原委。

通过教科书进行的历史教育，其实问题很多，日本也是如此。中学开设的历史课，讲到近现代史部分，也就是讲到离我们最近的历史部分时，差不多已是第3学期的期末了。因为讲课的时间没有了，所以对于没有讲完的那部分内容，学校的老师通常会说："之后的内容，你们自己快速浏览一下吧。"然而，教科书里的近现代史部分才是最重要的部分啊！但是，我们的学生时代却都是这样度过的。

至今这种状况也没有改变。在我的印象中，学校讲授世界史时，有轻视中国史，特别是轻视近现代史的倾向。日本人之所以对从"春秋战国"到"三国时代"的那段历史比较熟悉，是因为在课堂上对三国之后的历史不再讲授的缘故。有一次，我同文部省的人谈话时提出，应该先讲近现代史，然后再讲古代史。我认为，如果不从离我们最近的那一段历史学起，就无法理解历史。

基于同样的想法，我打算先了解中国近现代史，也就是自我父辈生活的时代直到我生活的时代的那段历史，于是开始了《鸦片战争》的创作。之后，我又尝试创作了关于太平天国（《太平天国》全4卷，1982年出版）和甲午战争（《大江不流　小说日清战争》全3卷，1981年出版）的作品。但是，要继续创作有关近现代中国的作品时，我却感到负担很沉重。我发现，如果不对此前的中国溯本求源，是无法更好地理解近现代中国的。因此，我在写作《中国历史》（全15卷，1980—1983年出版发行）的过程中，渐渐对古代史产生了兴趣。所以，我的创作主线就分为两条，一条是取材于中国近现代史的《鸦片战争》和《太平天国》，另一条是取材于古代史的《小说十八史略》和《秘本三国志》，而将二者联系起来的庞大工程就是通史。

《三国志》在日本也同样深入人心，出场人物为众人所熟悉，知名度很高。所以我认为它是最适合向日本读者介绍的故事。然而随着研究的深入，我越发觉得此前的《三国志》多有不实之处。于是，本人不揣冒昧，打算创作一部属于自己风格的更接近史实的《三国志》。

首先，世人所说的《三国志》，其实是以明末清初的罗贯中（约1310—1385）整理编纂的《三国演义》为底本的。大学毕业的时候，我曾经读过《三国演义》，它其实是对评书艺人在庙会上边摇折扇边讲的故事进行的一种汇编。评书是一种迎合大众的艺术，不太吸引人的片段会被舍去。评书艺人说了一段评书后，如果观众不拍手，就会把那部分不受观众欢迎的内容删掉。相反，那些博得观众满堂喝彩的内容会被深入挖掘，越来越丰富。

另外，《三国演义》确实有几个情节能让人感动得热泪盈眶。比如，诸葛亮向后主刘禅呈献《出师表》这一情节，就足以使受众潸然泪下。并且，随着《三国演义》以评书、戏剧及连环画等多种形式在百姓中间传播，它就逐渐成为老百姓喜闻乐见的故事大全了。

在中国也是这样，普通人脑海里的三国世界其实并非史实，而人们对三国历史的认识大体上也都限于“演义的世界”。不过，“演义”只能杜撰一些细节，却无法改变大的历史背景，所以在“演义”中也几乎不存在虚构的人物。《三国演义》里的主要人物，虚构的只有那个追随关羽南征北战的周仓。而那个先被吕布所爱，后为关羽所夺的貂蝉，正史中仅记载为女性，其名字其实是小说家给她起的。在小说家看来，那些被正史舍弃的内容无论如何都应该把它们捡起来，其中自然包含着小说家对史家的不满。这就是将来我打算写一部我眼中的“三国故事”的原因。

在魏蜀吴时代的正史《三国志》中，魏国的曹操是叙述的中心。然而到了《三国演义》，蜀汉的刘备却成为叙述的中心了。即使是从人物论的角度而言，我也认为三国时代应该以曹操为中心展开叙述。

到了三国时代，我们才终于听到了历史人物本人的“声音”。这个时代出现了会写诗的历史人物，而在此之前，这样的人物很少。即便有这样的人物，是否就是他本人的声音，其真实性也有很多可疑之处。比如，汉高祖刘邦在统一天下之后创作了一首“大风起兮云飞扬”的《大风歌》。据说当时还让一个拥有120名成员的少年合唱团来合唱。而被刘邦打败的项羽也吟唱了一首“虞兮虞兮奈若何”的绝唱。这两首诗作或许是史家在叙述历史事件时为营造当时的氛围而精挑细选出来的，或者是后来创作出来的。但是，到了三国时代，的确是可以听到许多历史人物本人发出的“声音”了。

因此，我认为《三国演义》把刘备描绘成正义的英雄，而把当时的正统“皇帝”——曹操过分地丑化了。戏曲中也以脸谱的方式，专门设置了“曹操脸谱”，曹操可谓是坏人形象中的代表了。只要曹操的扮演者一登台，观众就会骂声四起。由此看来，演员也是为了“怎样演才能让曹操看上去更像坏人”而煞费苦心。这种现象正如刚才所提到的那样，是在评书艺人敲击扇子说书的过程中逐渐形成的。评书艺人会反复强调观众欢迎的部分，而剔除观众没有反应的地方。剩下的内容就是，说书人一旦说曹操奸诈，观众就拍手称快地予以回应：“曹操真是一个无耻之徒！”越说曹操坏就越受欢迎。我能够理解那些偏向刘备的人，但总觉得曹操有些可怜，对他的评价也有失公允。所以更正这种“曹操观”也是我写书的目的之一。

在《三国演义》中，有些情节是在原有的历史素材上添加了听众的看法，给人的感觉是作者与读者在共同创作。这一点倒是令人感到有趣。另外，有一些自视清高的读书人，虽然嘴上说“我只读正史，不看什么演义”，但实际上，他们所读的作品也是某种程度上的“演义”。

“来历不明”的周仓成了关羽的部下，至今他还与关平一起以关羽护卫的形象被供奉在关帝庙里。正如刚才提到的那样，周仓是一个杜撰出来的人物，只在《三国演义》中出现过。另外，《前赤壁赋》也有道听途说之嫌。作为曹操那首横槊而赋的诗歌——《短歌行》，其内容实际上是招揽天下英才。它绝对不是行军阵前创作出来的作品。北宋诗人苏东坡（1037—1101）在《前赤壁赋》中留有“横槊赋诗，固一世之雄也”的一句话。虽然那时还没有出现《三国演义》，但当时的评书艺人想必已经开始采用《三国演义》式的描述了。

总之，“演义”的影响力的确很大，我在创作《秘本三国志》时，也是想尽量摆脱“演义”的影响。我想以20世纪下半叶的视角，将自己对三国世界的独特理解呈现给读者，同时也想让人们知道，对于三国的世界，其实还有另外一种解读。

每个人心中的《三国志》

——陈先生小时候，在您的家里也谈论《三国志》的话题吗？

听别人说过。还没等父母教我，我就经常向别人问起怎样看待孙权之类的问题了。其实那些东西都是爷爷教给我的。《三国志》中有一个情节是刘备和曹操在一起吃饭，当时天上突然打了一个响雷，刘备吓得手里的筷子一下子就掉了。小时候每当我吃饭把桌子弄得乱糟糟的时候，大人们就拿刘备掉筷子丢丑这样的故事训诫我。

另外，我的家里挂着一幅很大的关羽画像。我感觉不仅是在商人家，任何家庭都供奉关公。所以说起关羽，我觉得他就是那位留着长胡须的老大爷，直到现在我还记得关羽画像的模样。

关羽死于非命，与其相关的一些人物也都相继离世。这一点与日本的菅原道真[1]（845—903）极为相似。菅原是流放到太宰府[2]含冤而死的。中日两国大概都将他们作为抚慰冤魂的神——镇魂之神来祭祀的吧。关羽虽然不是皇帝，但他作为关帝，在中国各地都建有关帝庙。最初，关羽被称为“关公”，宋代被加封为“关王”，到了明代永乐年间（1403—1424）又被追封为“协天护国忠义大帝[3]”，从此关羽就成为关帝了。所以关羽不单纯是财神，我感觉他离我们的生活很近。

小时候还不识字时，我就看过家里一本带插图的《三国演义》简易本，书页的上方是图画，下方是文字。那本书，现在要找的话还能找到。总之，我从懂事时起就与《三国演义》打交道了。

年轻的时候我曾经一度回到台湾，在中学教授英语。我的故乡是台北附近一个叫新庄的地方。那里盛行木偶戏（傀

1　菅原道真，日本平安时代中期公卿、学者，日本古代四大怨灵之一。894 年被任命为遣唐使，未成行。901 年被贬为大宰权帅，死后被尊为“雷神”“文化之神”。

2　日本战国时期治理九州地区的部门，担当国防、外交等九州一切政务。

3　明神宗在万历十年将关公褒封为“协天大帝”，全称“协天护国忠义大帝”。

儡戏），木偶戏版的三国故事我也看过好几次。虽然它不像日本“文乐”[1]木偶戏那样高级，但非常有趣。我的故乡还出过一位木偶戏名人，他曾经受到世界各地的邀请，获得过无数掌声和喝彩。我年轻时看过的木偶戏就是他的父辈表演的，现在的那位名人当时只是一个小学生，还在给他的父亲端茶倒水呢。

——《三国演义》我们倒是比较熟悉，但对此前的正史《三国志》我们却所知不多……

我在创作《秘本三国志》时，依据的基本资料是《后汉书》、《三国志》和《资治通鉴》。记得《资治通鉴》是我在成为作家之后阅读的，是中华书局出版的排印本（活字本），因经常翻阅，以至于整本书都翻破了，后来我又买了一套。另外，《三国志》也是中华书局出版的，我反复阅读过多遍，第一册已经破损，也许是那本书装订得不太好吧。

1　文乐是指净琉璃文乐木偶戏，是日本最主要的传统舞台艺术形式之一，集说唱、乐器伴奏和木偶剧于一体。起源于江户时代（1600年前后），是15世纪流行的一种叙事的净琉璃艺术与木偶艺术的结晶。

原本有关三国时代的历史书叫正史《三国志》，是以曹操为正统编写的中国二十四正史之一。这部书编于何时，其确切年代至今也没有弄清楚。但是，已经确定作者是蜀汉时期的遗臣——陈寿。陈寿死于297年，由此可以断定他是生活在1700多年前西晋时期的人物。陈寿的祖先曾是蜀臣，在街亭之战中战败。马谡作为指挥官因违反命令被处以极刑，他的部下也遭受了剃发的刑罚。据说实施处罚的人正是诸葛亮，所以正史《三国志》对他没说什么好话。

当然，在这部书里，曹操虽然被陈寿称为“非常之人、超世之才”，但作者并没有把他写成好人，只是没有把他描写得像《三国演义》中那样奸诈罢了。因为正史《三国志》过于简练，没有注释读者根本看不懂，所以作者陈寿去世130年之后，南朝宋国人裴松之（372—451）给这部书作了详细的注释。这样，读者凭借这一注释本就可以读懂《三国志》记述的内容了。

——《三国志》的故事，为什么在日本也那样受欢迎呢？

我认为还是因为英雄们所具有的不同性格吧。故事中各种典型人物纷纷登场亮相。就《演义》而言，首先在故事的开头就出现了桃园结义的刘关张三人。当然这些内容在正史上是没有记载的，但刘关张三人都是性格鲜明的人物。后来随着曹操等其他人物的出现，各种典型人物的性格在故事当中都有精彩的体现。

人们要讲述汉朝的正统历史时，汉朝已经被曹魏政权所篡夺了。刘备集团自称是汉，延续了汉的法统。正因为有这样的历史背景，所以中国人在内心上是偏向刘备的。在情感上，中国人偏爱刘备就像日本人喜爱义经[1]是一样的。在正史中，作者陈寿不仅公正地记述了正统人物曹操的事迹，而且也把刘备和孙权当作英雄人物来描写，客观地叙述了由汉演变到魏的那段历史进程。

1　即源义经（1159—1189），日本传奇英雄，平安时代末期的名将。承治四年（1180），源义经与同父异母的兄长源赖朝一齐举兵讨伐平家，在著名的源平合战中战功彪炳，威名显赫，但也因功高震主为源赖朝所猜忌，最终兄弟反目成仇。

曹操的魅力

——您感觉曹操的哪个方面有魅力？

在《三国志》的英雄中，相比刘备和孙权，我觉得曹操更令人感到亲切，也许这就是他最大的魅力吧。曹操既是武将又是政治家，同时又兼为诗人，在这一点上，他特别出类拔萃。在我看来，曹操不像刘邦那样唯利是图，他的身上倒有一些知识分子的文气。要是他没有学问，恐怕中国早就统一了。

首先，他讨伐黄巾之乱，年纪轻轻就被任命为相当于现在日本县知事[1]一样的地方官了。所谓黄巾，是指东汉末年太平道（道教的一个派别）的领导者聚集信徒和民众造反时佩

1　日本的都、道、府、县是平行的一级行政区，直属中央政府，但各都、道、府、县都拥有自治权，县的行政长官称“知事”。

戴的一种标记。因为起义者头上裹着黄色头巾，所以人们称其为“黄巾军”。曹操成为真正的政治家之后，首先对“邪教淫祀”予以严厉打击，杜绝民众崇拜一切怪力乱神。从曹操讨厌迷信、捣毁祠堂寺庙等行为来看，他是一个彻头彻尾的理性主义者。

曹操在遗嘱中说自己死后不建大墓，不厚葬，不埋金银财宝，我认为这其中也有很多原因。当时曹操打仗一到没有钱花时，就派人盗墓来筹集军费。据说每次挖掘大墓都会找到墓中所藏的金银财宝，他将这些财宝变卖后充作军费。为此，曹操还特意设置了专事盗墓的官职，如“摸金校尉”“发丘中郎将”等。我认为曹操的这些举动，儒官是绝对做不出来的。

另外一点就是曹操的用人政策。曹操说过这样的话：一个人只要有才干，哪怕他与其嫂通奸也会照常被录用。

曹操拥有现代眼光，思想富于理性，拿日本的例子来比较，他的思想和行为与织田信长[1]（1534—1582）极

1　织田信长是日本战国时代到安土桃山时代的大名，“日本战国三杰”之一，于永禄十一年（1568）至天正十年（1582）推翻统治日本逾200年的室町幕府，并使持续百年以上的战国乱世走向终结，在即将统一日本前夕，遭遇京都本能寺之变而自杀。

为相似，后者是火烧比叡山[1]、进攻石山本愿寺[2]的日本著名人物。

——曹操身上为什么会具有现代思想呢？

大概还是由他的气质决定的吧。曹操是一个非常有趣的人，但在《三国演义》等作品中，他却只是一个无趣而奸诈的坏蛋。当然，曹操也做过坏事，但我们应该更关注他在历史上的作用。下面介绍一则小故事，让我们感受一下他是怎样注重效率优先的。

曹操生活的时代抢亲之类的恶作剧在年轻人中很时兴。有一次曹操与后来成为其对手的袁绍一起去抢新婚的娘子。抢亲必须舍命相搏，如果被抓到，抢亲者会受到严厉的处罚，所以那绝对不是开玩笑的勾当。下面的这个故事只是一个传说，正史没有记载。据说曹操和袁绍抢亲的时候被人发

1　比叡山别称天台山，自传法大师最澄由唐朝回国后，一直是日本天台宗山门派的总本山。是以横跨京都市左京区和滋贺县大津市的四明岳和大比睿双峰为中心、南北走向的山脉的总称。

2　石山本愿寺原称山科本愿寺，是日本佛教净土真宗本愿寺派第8代门主莲如于1483年在京都山科建立的，后传到第10代门主政如时迁移到当时的摄津国石山（今日本大阪市中央区），称“石山本愿寺”。

现了，结果二人落荒而逃。逃跑的路上袁绍被荆棘绊倒，双脚不能动弹，眼看二人即将被人捉到。就在这千钧一发之际，曹操大喊一声：“喂，快来呀！抢亲贼在此！”袁绍听后，大惊失色地拖着伤腿拼命逃跑，最终二人脱离了险境。也就是说，多亏了曹操这样大喊大叫，袁绍才最终得救。

——类似的英雄传奇在那个时代可能非常多，但我想请教先生的是，在英雄人物当中，比如在诗文方面，您是怎样评价曹操的呢？

我认为三国时代曹操是最杰出的诗人，人们一般认为中国以个人名义作诗是从曹操开始的。尽管在此之前有一位叫屈原（约前340—前278）的诗人，但是，在我们的感觉中属于真正意义上的“诗”，是曹操首开先河的。所谓《诗经》三百篇，其作者大都语焉不详。曹操与《三国志》里的其他英雄如刘备、孙权等相比，最大的不同是他留下了数量可观的诗文。并且，曹操的儿子曹丕、曹植也都是才华横溢的诗人。可以说曹氏一家在三国时代的诗坛上独占鳌头。

曹操流传下来的为数不多的几首诗中，最著名的就是《短歌行》了。这也许是因为在《三国演义》的高潮处，即在赤壁之战的那段描述中被引用过的缘故吧。

《短歌行》的开头是这样写的：

对酒当歌，
人生几何！
譬如朝露，
去日苦多。

在“何以解忧，唯有杜康”之后，作者接着写道：

青青子衿，
悠悠我心。
但为君故，
沉吟至今。

“青衿”是指学生的装束，作者直接引用《诗经·郑风》中的两句诗，对年轻学子寄予厚望，同时也表达了作者为发现英才而殚精竭虑的心情。

《短歌行》以如下诗句结尾：

月明星稀，

乌鹊南飞。

绕树三匝，

何枝可依？

山不厌高，

海不厌深。

周公吐哺，

天下归心。

在月明星稀之中，几只乌鹊向南飞来，多次在大树的周围盘旋，大概是找不到筑巢的树枝吧。正如乌鹊一样，那些才华横溢的英才，是不是也未找到可以侍奉的主君呢？这几句诗充分表达了曹操对英才的渴望。

山越高越好，水越深越好。与此同理，人世间也是人才越多越好。以前的周公（生卒年不详，西周初期政治家）唯恐失去人才，一有客人来访，他就马上与之见面。比如洗头时有客人来访，他就手握着头发与客人见面；吃饭时有客人来访，他就把吃到嘴里的东西吐出来，迫不及待地与客人见面。据说正是由于周公如此礼遇人才，天下贤士才会对他“心向往之”。曹操也想效仿周公。

这首诗充分展示了曹操“高度重视人才”的博大胸怀。

虽然在《三国演义》的描写中，这首诗是曹操在赤壁大战即将开始时在横槊吟咏出来的，但从诗的内容来看，显然不适合战前歌咏。这首诗是曹操在什么样的情况下创作出来的？正史上并没有记载。但是三国故事的编写者却安排出场人物曹操在故事的高潮处，在那样的氛围下歌咏出来。

更有甚者，编写者还在其中编造了一个情节，一个叫刘馥的部下向曹操进言说：“‘月明星稀，乌鹊南飞，绕树三匝，何枝可依’等句在大战之前是不吉之言。”曹操听后大怒，手起一槊刺死了刘馥。曹操作诗是为了表达求贤若渴的愿望，但却当场把一个人才刺死，这种事情有可能发生吗？

经调查发现，刘馥的确是那一年去世的。当时刘馥屯兵合肥，在与孙权的10万大军作战期间，染病而亡。刘馥兴学校、广屯田，是一个很有才干的人。据说因刘馥所实行的政策比较得当，竟有数万民众渡江或翻山越岭来到合肥。据《三国志》记载，曹丕曾对刘馥的儿子刘靖说：“你的父亲把州县治理得很好，因为你们父子治理的是同一个地方，所以你要好好干！”因为刘馥死在赤壁之战发生的那一年，所以后来的说书先生正好利用这一巧合，杜撰出了刘馥被曹操刺死的情节。说书先生的手法可谓高超绝伦，他们把丑角曹操塑造得更像坏人了。然而，我却认为这毫无道理！

老骥伏枥，
志在千里。
烈士暮年，
壮心不已。

这些诗句出自曹操的《步出夏门行》组诗。创作这首诗时，曹操53岁。它是曹操晚年的一首诗，也是我喜爱的诗词之一。骥是指好马，好马因上了年纪养在马厩，或被宰杀，但它自己仍有日行千里的雄心壮志。曹操虽然上了年纪，不像以前那样过于拼命工作，但他激励别人，要志在远方，志在千里。虽说曹操的年龄处在“伏枥”的阶段，但他仍然亲自征讨了乌桓。尽管如此，身体上他还是无法摆脱疲劳的。也正因如此，他在诗作里忠实地表达了自己的观点——渴望自由飞翔。

例如在日本，据说河上肇[1]（1879—1946）被检举入狱期间，就特别喜欢吟诵曹操的这首诗。也就是说，河上肇是在用“老骥伏枥，志在千里”来表明自己的志向：即使被捕入狱，仍对远方充满雄心壮志。这首诗从那时起，长久以来一直被日本人所喜爱。

——在中国历史中，我们是通过那样的诗才真正了解到曹操的为人和心声的，对吧？

是的。到了三国时代我们才真正听到了人的声音、作者本人的声音。所谓个人的声音，在此之前也有几个人曾经在自己的诗中出现过。如跟刘邦争夺天下而失败的项羽，曾经唱出“虞兮虞兮奈若何”的心声，但那只是一个小小的片段，而曹操却是以组歌的形式留下大量诗作的第一人。

正因为以前人们都说曹操是一个奸诈的坏蛋，所以编造了许多以他为丑角的故事和段子。大多数正史上没有记载的

1　河上肇，日本经济学家，日本马克思主义研究的先驱者，京都帝国大学教授。创办《社会问题研究》，发表多种政治经济学著作，对马克思主义在日本的传播有一定的影响，曾一度被捕入狱。

民间传说和故事中，真假难辨的东西确实不少，我们也不知道哪个是真实的，哪个是正确的。

比如，曹操拒绝太师董卓的任命而从洛阳出逃的那一段，正史《三国志》只记载为“太祖乃变异其姓名，间行东归”。但在北齐魏收的《魏书》、南朝宋刘义庆的《世说新语》、孙盛的《杂记》中，都把曹操描写成超级坏蛋。并且，随着时代的发展，《三国演义》中的情节就变成了这样：曹操寄居在老朋友吕伯奢的家中，当他听到为做菜而磨刀的声音时，就贸然断定有人要杀他，于是他残忍地杀死了吕伯奢一家，甚至在半道遇见吕伯奢时又将吕伯奢杀掉。这可能是曹操在逃亡过程中发生的正当防卫事件。但是，作者为了迎合曹操是坏人的需要，可能对这一事件重新进行了加工。在吉川三国志[1]中，吉川特意加注：那种事在日本是不可想象的。

曹操在小说和故事中是一个被过度丑化的人物，一旦返回到正史，我们要通过他的诗文对其形象进行重新认识。我的《秘本三国志》是以曹操为中心而创作的小

1　吉川三国志，即吉川英治撰写的《三国演义》。作者用颇具个性的现代手法对中国古典名著《三国演义》进行了全新演绎。吉川英治（1892—1962），日本大众文学泰斗，历史小说大家，34 岁发表《鸣门秘帖》，一举成名。

说，曹操由一个冷酷无情的坏蛋变身为带有几分温情的英雄，我自负地认为，这部小说与以往的三国志故事略有不同。

作为时代背景的佛教和道教

——另外，我觉得陈先生的《秘本三国志》有一个非常重要的特点，那就是您用很大的篇幅对道教、佛教等当时的宗教进行了探讨……

写小说也要尽可能营造出时代的氛围，因为我觉得在以往的《三国志》中缺少佛教因素，但东汉末年正是西域人将佛教向中国传播的时期。佛教迅速传播开来是在三国时代，当时战乱频仍，国土荒芜，生灵涂炭，人们切身感受到了人生的无常，从而倾听并信服佛教的主张。因此，我认为当时佛教是一下子在中国传播起来的。

但是，书写历史的官吏、史家几乎都是继承孔子（约前551—前479）、孟子（约前372—前289）学说的儒家系统的人。史家一直都在记述与儒家思想有关的内容，也许是佛教还未传开的缘故，所以有关佛教的记载少得可怜。

所以，我才有了以佛教代替儒家，重现当时社会背景的想法。因此在那样一种叙事中，父母被杀、兄弟死去等那个时代的人们所特有的悲情也能被充分表现出来。也许只有佛教才能捕捉到那个时代隐藏在民众内心深处的东西。

有记录说，自从佛教进入中国以来，战乱之后浮屠（佛教徒）们会来收容尸体，并将其火葬。可能有人会心存疑问，这些浮屠为什么要这么做？我认为这是他们信仰佛教，明白道理之后才愿意那么做的缘故。

实际上，对于当时的黄巾之乱，我原本想再找一些道教方面的宗教素材（作为宗教团体的材料），但遗憾的是史料太少，最终没有收集到。

关于道教，即便在中国，研究也很落后。现在人们都说，如果在日本研究神道[1]，那就必须研究道教。但实际上，有的学者似乎觉得研究那种带有邪教性质的东西难以启齿。佛教可以用佛教哲学的方式进行研究，但提起道教，人们往往先入为主地认为，它只关注祈祷，显得很庸俗。因此，现

1　神道教(Shinto)简称神道，原本是日本的传统民族宗教，最初以自然崇拜为主，属于泛灵多神信仰(精灵崇拜)。神道教起初没有正式的名称，一直到公元5至8世纪，为了与“佛法”一词分庭抗礼，创造了“神道”一词。

在我总算对道教的研究有了一点头绪，因为法国的马斯伯乐[1]等人的研究现在仍然具有权威性。

另外，所谓道教的道藏[2]（道教经典）也是鱼龙混杂。其中既有哲学方面的内容，也有低俗下流的东西混杂其中，比如，“只要拜神就一切都好了”之类。我想在这一点上佛教也不例外，不过在混杂的方式上道教更为严重而已。低俗的内容就出现在表面上，而谁都不想着手处理。

但是，最近情况好像发生了变化。中国好像也开始了道教研究。总而言之，三国时期的道教无论是太平道[3]，还是五斗米道[4]，都受到了佛教的很大影响。我认为特别是五斗米道，它以蜀地为中心，很早就受到佛教的影响。这一点也有记录可查。

---

1 亨利·马斯伯乐（Henri Maspero，1883—1945），一译马伯乐，法国著名汉学家、印度支那诸语言专家，代表作为《古代中国》等。

2 道藏，即道教书籍的总称，包括周秦以下道家子书及六朝以来的道教经典，是道教经籍的总集。

3 太平道，中国出现的最早民间宗教之一，创始人是东汉时期（约公元2世纪）的张角。

4 五斗米道，道教的一个分支，由东汉顺帝时张陵创于西蜀鹤鸣山。因奉道者须出五斗米，或称因其崇拜五方星斗和斗姆而被称为五斗米道；又因张陵自称太上老君降命其为天师，故亦称天师道。

想要准确传达曹操的形象

——因为曹操被说成是武将，所以我们通常感觉他很刻板，是一个不懂通融的人。但是，在某种意义上他又愿意接受各种各样的事物，拥有刚中带柔的性格。

曹操虽然是一名武将，却身材短小，不那么高大威猛。有一次，外国来了使者，他让别人代替自己出面接待，而自己则混杂在众人之中。大概曹操认为自己身材矮小，所以才找了一个身材高大的人来代替自己吧。结果，那个使者说：“曹操并不像人们所传的那么霸气，我认为站在他旁边的那个人倒是颇有几分英武气。”

这只是一个故事，我们不知是真是假。据说曹操听后对部下说：“这个使者是一个危险人物，他有过人的识人本领，要赶快把他杀掉。”类似的故事在评书中反复传播，所以，曹操个子小、长得不够英武等几乎是妇孺皆知了。与其说曹操是武将，莫如说他是文人学者更为恰当。

另外，在《三国志》的出场人物中，曹操作为政治家也拥有与众不同的品格。这种品格多半是由其罕见的个性决定的。他曾被人评价为 “清平之奸贼，乱世之英雄”。曹操的祖父是宦官，这种出身肯定给他带来过精神上的屈辱，但同时也使他加深了对世界的认识，磨炼了对处事之道的把握。

曹操是给《孙子兵法》作注的第一人。因为《孙子兵法》的古代版本当时尚未被发现，所以，人们都说曹操作注是编造的。有很多学者相信这一说法，他们说那是曹操自己随意写的一部书。然而，1972年在山东省临沂的西汉墓中出土了《孙子兵法》的竹简本。至此，曹操作假的污名才得以洗清。

上述情况仅是曹操遭受污蔑的其中一个例子。不过，关于曹操的一些传说并非完全没有根据。我只是想尽量准确地传达曹操的形象。曹操也是在战乱中出现的英雄，他并没有只做好事。因为父亲死于徐州，曹操就对徐州进行了血腥屠杀。这些都是事实。但我依然认为曹操在三国时代是最杰出的人物。

——《三国志》里有各种各样的出场人物，除曹操之外，陈先生还对谁感兴趣呢？

我依然对曹操兴趣最浓，同时也对曹操的儿子曹丕、曹植等人心怀敬意，因为他们都是诗人。我的兴趣顺序是曹氏一家，建安时期的文学家，然后是诸葛亮。

诸葛亮，因为他的字孔明更为有名，所以人们都称他为诸葛孔明。在孔明出山之前，出场的全是和孔明志趣相投的朋友。孔明作为一个新人，是在提出著名的三分天下的计策之后从襄阳那种环境下走上历史舞台的。当时，孔明身上肯定带有新人物初次亮相的那种光鲜，并且他还是一个大知识分子，所以在形势最为危机的时候，他开始了对战争的指导。但是，战争进展得并不顺利。因为孔明是法家人物而不是儒家官吏，所以《三国志》这样评价孔明："治戎为长，奇谋为短，理民之干，优于将略。"后来，经常评判历史人物的明代思想家李卓吾[1]（1527—1602）写道，在指挥战争方面，司马懿要比孔明高明。

说起来，在三国人物中，骁勇异常而又荒唐透顶的人物是吕布。他生于九原（今属内蒙古自治区包头市），野性十足，所以我认为吕布身上流淌着游牧民族的血液。另外，据传他是南匈奴的后代。这种说法也引人入胜，南匈奴就是汉化了的少数民族啊。

我想单独描写的人物是作为悲剧女性的蔡文姬。她是大学者蔡邕的女儿，后来成为匈奴首领的几个妻子之一。她是曹操向匈奴交付赎金之后被带回汉朝的。郭沫若（1892—1978）也曾写过蔡文姬。蔡文姬是时代的牺牲品。

特别有趣的人物是汉献帝，也就是后来的山阳公。他倒是苟延残喘地幸存下来，竟然活到了晋代。我在写作的过程中有过这样的想法：这位山阳公在小时候就见到了董卓，如果按山阳公这条线索来写的话，那将会是一部新的《三国志》。

1　李卓吾即李贽，明代官员、思想家、文学家，泰州学派的一代宗师。初姓林，名载贽，后改姓李，名贽，字宏甫，号卓吾，别号温陵居士、百泉居士等。著有《焚书》《续焚书》《藏书》等。

——陈先生，您在继大作《秘本三国志》之后，又推出了《曹操——曹魏一族》（上、下卷，1998年出版）一书，在后一部书中您再次把目光聚焦到这位既有超群的政治军事才能又有文学素养的大英雄身上了，是吧？

我在很久以前就一直想写曹操，但实际上，我始终关注着司马辽太郎[1]先生的动向。因为他说过要写曹操，所以我一直期待拜读司马先生写的曹氏一族。然而，他在最后写完《鞑靼疾风录》之后就宣布不再写小说了。既然如此，那就由我来写吧。

我创作《诸葛孔明》（上下卷，1992年出版）的时候，最初差点把它写成曹操。与曹操相比，孔明这个人没有女人方面的花边故事，是一个严谨诚实而又带点刻板的男人。实际上孔明很难写。

1 司马辽太郎(1923—1996)，日本小说家，本名福田定一，专攻历史小说，笔名司马辽太郎取“远不及司马迁”之意。日本大众文学巨匠，也是最受日本国民欢迎的作家之一。

《曹操——曹魏一族》是1994年春天开始在《中央公论文艺特辑》这本季刊上连载的。但是，其间接连出现了几次波折。先是那年8月，我因脑出血病倒，在医院住了5个月；紧接着在我出院的第4天，即1995年的1月17日遭遇了阪神大地震；然后是当年秋天《中央公论文艺特辑》停刊，连载中断。直到1997年《中央公论》正刊又开始连载，此时已经过去了5年。正因为经历过上述波折，《曹操——曹魏一族》才成为一部让人印象颇深的作品。

当自己再次面对曹操的时候，我想到“是不是可以从家属的角度来写一下这位英雄呢”。但查阅了中国的相关记录之后，未免感到失望，因为史书记载的大都是政治方面的内容，对家属的记述很少。英雄的妻子们都是一些什么样的人？继承者是否为正室之子？诸如此类的记载，史书上往往语焉不详。所以，我在厘清历史的大体框架之后，其余部分只能靠自己的想象了。

曹操晚年一直为选择哪个儿子当自己的继承人而苦恼，仅知道姓氏的就有十多名女子为其生子。对于崭露头角的儿子曹丕，曹操讨厌其冷酷无情，而更喜欢有文才的曹丕之弟曹植，但为了曹氏一族，他又不得不选择曹丕。如果不那样做，曹丕恐怕连弟弟也会杀掉。“绝对不要将自己的贤明聪慧外漏，这些话我不会再告诉你了。”曹操如此这般告诫曹植，此时的他只是一个年老体衰的父亲，在他的身上丝毫看不到昔日霸王的风采。

另外，我想从整个东亚文明及历史观的角度来重新审视这个“三国志”时代。曹氏一族和粟特[1]等西域商人有过交往。我认为，曹操有可能也是“通过与西域人交往，接触到了佛教”。有关这些内容，我在书中也提到了。西域人在曹操平定青州的黄巾之乱时也发挥了很大作用。虽然在中国历史上很少出现商人和宗教活动家，但在某种意义上来说，推动历史前进的难道没有他们吗？因为历史是儒家书写的，所以有关佛教的事情往往引不起他们的重视，我认为此前的三国志就缺少佛教因素。

作家就是要书写历史学家所看不到的东西。虽然历史不容假设，但依然有趣，我深信历史上肯定发生过那些故事。

1　粟特（Sogdiana）是中国古书中记载的西域古国之一，亦为民族名称，活动范围在今中亚阿姆河与锡尔河之间的泽拉夫尚河流域，首都马拉坎达位于今撒马尔罕。

——据说在三国时代，中国几乎所有的地方都出现了人口减少的现象，是这样吗？

是的，非常严重。由于接连不断的战乱、灾荒、饥馑、流行病等原因，三国时代的人口数量锐减。当然，那时没有统计之类的数据，但恐怕全中国也不到1000万人。看东汉时期的《后汉书》，有这样的记载：皇帝（汉灵帝）死后的总人口数是几千万。因为当时也有未被算作“人”的情况，如奴隶等，所以，东汉时期的人口总数会比《后汉书》记载的数量要多。另外，佛教徒、僧侣等与宗教有关的人也被排除在人口统计之外。也就是说，人口数量只包括纳税人的人数。如果按这种算法来计算，整个中国的人口总数大概在6000万左右。但到了三国时代，人口总数锐减到1000万左右。

三国时期，无论是哪个集团，都曾为人口不足而焦虑过。无论是经济力量还是军事力量，人口的多寡都是决定因素。吴国的孙权，听说400年前秦始皇派遣方士徐福到达日本，其子孙后代繁衍不断，人口增加了不少。于是，他派将军卫温和诸葛直率领军队进攻浮于海上的夷洲、亶洲，以期带回当地的居民。至于夷洲和亶洲到底在什么地方，目前仍众说纷纭，但夷洲是徐福远征之地，所以我感觉指的就是日本。但是，吴国的将军认为亶洲太远，他们只到达了夷洲。也许他们所到的地方是琉球或是台湾，而吴国军队渡海好像失败了。

中国人的身份认同

——我觉得有一种现象特别令人不可思议，比如在三国时代，中国分成魏、蜀、吴三国，各国在各自占据的地盘上共生共存，各国人如何寻求自己的身份认同呢？

我想这个问题会因人而异。比如那些有文化修养以及一直饱读史书的人，他们一直认为自己所认识的世界必须是一个统一的整体。所以，无论是中原的魏还是四川的蜀，或是江南的吴，大家都坚信自己会成为那个统一世界的中心。

《三国志》中有一段话是劝别人不要去中国的："因为你在荆州，所以日子还过得下去，如果到中国去的话，那里人才济济，像你这种程度的人数不胜数，趁早还是别去中国吧。”这里所说的“中国”当时是指洛阳，荆州是指现在的武汉。

虽然同样叫中国，但是我觉得那个时代的中国与现代中国稍有不同。也就是说，19世纪民族国家时代所形成的“国”的观念，在当今这个时代非常强烈。我认为现在与以往的情况相比还是有一些不同。比如，现在每年4月5日清明节都要在黄帝陵举行大型公祭，因为据说黄帝是中华民族的祖先。但是，100多年前的清代是满族政权。在清代，满族人也祭奠黄帝。黄帝是传说中的圣天子，不仅是汉族人，满族人也把他当成自己的始祖。只是清代不把4月5日的清明节，而是把皇帝的生日当作祭拜日罢了。“二战”之后，从1955年起，中国政府又开始公祭黄帝了。1987年4月5日，我也拜访过黄帝陵。

因此，汉族不太在意与别的民族有什么不同。比如，1912年中华民国成立时宣称“五族共和”。就是5个主要民族共同携手一起建设国家的意思。“五族”是指汉、满、蒙、藏、回5个民族。民国成立之前，曾有一段时间有过“驱除鞑虏”“灭满兴汉”等主张，但是中华民国一成立，这些主张就停止了，变成了“五族共和”。我认为这种精神，在过去也同样存在。

——中国是我们岛国日本的邻居，作为日本人，我们难以理解为什么在古今中国人心中都有“大中国”以及各自心目中的“中国”这样的观念。

是啊。所谓中国，我认为在其古代用法中，是指“国家的正中间”而不是“正中间的国家”之意，也就是说是“国家的中央”。古诗中的用法也是如此。比如，“中州”是指“州”的中心，“中田”是指“田”的中心。顺便说一下，诸桥辙次的《大汉和辞典》[1]在中国这一条目下，第一个解释是“日本的国土。国之中央。首都地区。奈良盆地一带”。第二个解释是“中国的自称”。

史书记载了这样一段话：“中国或许有那样的规矩，但我们与那些规矩无关。”春秋战国时期的楚国位于湖北、湖南附近，它的首领自称为王时，就是这样说的。意思是听说在国家的中央，也就是首都地区有顾虑称王的规矩，但是，

1 《大汉和辞典》是诸桥辙次在大修馆书店经理铃木一平的支持下，历时 35 年编纂的特大型汉和词典，收录汉字 49964 个、汉语词条 50 万个。这部辞典用日语解说中国古汉语，古籍辞典的特点十分明显。

我们边远地区的人，跟这种规矩无关。因此，这也就是说他要称工的意思。春秋时代，尽管周王朝是名义上的统治者，但毕竟其形式还在，所以即便是晋、齐等拥有实力的诸侯，也不敢称王，而称侯或公。

所谓中华是指文化的中心，与中国一词的本来含义基本相同，成为国家自称的经历也与中国一词相似。《三国志·诸葛亮传》注中有这样一段话：

> 若使游步中华，骋其龙光，岂夫多士所能沈翳哉！

意思是说，如果诸葛亮到中华游历，使他展现其过人的才华，他大概也不会被其他优秀人物的光芒所遮蔽吧。孔明遇见刘备之前，生活在离河南省境很近的湖北襄阳，那里并不是中华。这一点从"若使游步中华……"这一假定句式中就看得很清楚。在同一部《诸葛亮传》注的前一段，引用了孔明的这样一句话：

> 中国饶士大夫，遨游何必归故乡邪！

这是孔明对思乡欲归的友人提出的忠告。他忠告说，中原多有能人或有才之士，为了交游不必限于故乡。因为这是面对即将离开襄阳的友人说的话，所以这个襄阳也包含在中国之中。由此可知，5世纪之初，即裴松之为《三国志》作注时，“中国”的含义已经变成当今的词义，即是对整个国家的自称了。但是，“中华”仍然仅指黄河流域中的中央区域，即首都周围。

现在我们所称的“中国”“中华”之类的词，至少比5世纪以前的用法更加宽泛。过去把文化的中心、文明最发达的区域称为中国或中华。为了避免混乱，人们称那一区域（黄河的中流一带）为“中原”。另外，有一个概念是“天下”，比天下更古老的概念是“四方”。可以说它们大体相当于现在的中国。过去人们用“天下”这个词汇来指称我们所认知的世界，没想到这种用法竟是新创的，因为此前我们所认知的世界被称为“四方”。

春秋战国最初自称为王的是楚国首领熊渠，根据《史记》记载，他公开宣称：“我蛮夷也，不与中国之号谥。”这里所说的蛮夷并不是指野蛮的异族，而是指我们是距离中原很远的地方居民。我们是乡下人，与中央的惯例、称号等无关。他摆出一副称王也无所谓的傲慢态度。因此，中国这个词汇，与近代国家意识及组织成立之后的“国家”，在含义上是不同的。

大同思想

——刚才您说过，到了近代以后共和之类的思想才出现，如果用中国原有的思想来概括这一整个思想体系，该用什么样的词汇来表达呢？

这的确很难，但中国有一个词汇叫“大同”，它出现在古代文献——儒家经书《礼记》上。大家彼此相同的世界就是大同世界啊。对于革命家来说，最终目的就是实现人人平等的“大同”。

当有人请孙中山（1866—1925）题字时，他经常题写“天下为公”这几个字。“天下非一人之天下，而是天下人之天下”，这就是以天下为公，即天下为公的含义。他说全世界是大家共同拥有的世界。天下为公是大家的理想。然而，实际上世界那么广大，实现这一理想可谓非常困难。但是，他一直在说我们的目标就是“大同”。

尽管人们常把“大同”挂在嘴边，但在现实中，它却很难实现。然而，孙中山所追求的目标却是朝着“大同”这个方向的。以往中国的各个王朝，都是私人占有的世界。就像汉是刘氏的，魏是曹氏的私有之物一样。

我认为，“大同”这个词最初可能产生于春秋战国时代。中国人非常尊崇过去，其原因正在于那时有“大同思想”的存在。实际上，“大同”之类的世界并没有出现过。也就是说，如果大家把私有财产拿出来分掉，那就不是“大同”了。“大同”世界是一个类似于原始共产主义的世界。虽然人类不可能返回到那样的世界中去，但主张“大同”是人类的理想。在近代中国，孙中山说“我要带领大家走向大同世界”，而作为“保皇派”的康有为（1858—1927）也极力主张“大同”世界。康有为写了一本书叫《大同书》。也就是说，任何人，无论他是敌人还是朋友，也无论是在什么场合，他都可以说：“我们追求大同。”谁都知道“大同”很难实现，但人们依然会那么说。

在近代思想家中，谭嗣同（1865—1898）是“大同思想”的最坚定拥护者。他本人是在清末被清政府处死的，但他一直主张“要实现大同，就必须改变中国的思想。”谭嗣同认为，“忠”这种理念不好，因为它是君臣关系，而君臣关系是上下关系的一种。“孝”也不好，因为“孝”只重视自己的父亲。“夫妇有别，长幼有序”也存在着上下关系。因此，以往的5种大道德中仅剩下友人之道，即朋友之“信”了。他主张，“忠”和“孝”及其他道德都应该抛弃，唯有朋友之道才是中国前行的道路，也是通向大同世界的道路。也就是说，在孟子的“五伦”之中，仅剩下朋友之“信”了。

到了近代，尽管太平天国运动中途瓦解了，但其平等思想仍然延续下来。后来，领导辛亥革命的孙中山也拥有了共和之类的思想。这些思想用古代话语体系来说，不就是要达到“大同”那样的世界吗？但是，即使是孙中山，就其本心而言，他也肯定会认为“此事极难”。因为谁都会认为，人拥有私有财产之后，将其传给子孙是理所当然的。但孙中山的奋斗目标是“大同”。正因为如此，治理国家绝非易事，自古以来不少政治家都做过艰辛的探索。

将中国统合在一起的是什么

——现在，我们在看中国的时候，感觉它是一个比较稳定的社会。但回顾历史就会发现，中国一直在吸收、接纳很多东西。当然这些东西会互相碰撞，但中国社会似乎拥有非常灵活的机制……

是啊。到底是什么把中国社会统合在一起的呢？这其实是一个因时而异的问题。魏蜀吴三国时代之后，西晋在中国实现了短暂的统一，但随后中国又进入了一个分裂时代。北方少数民族统治中国时，维系社会稳定的不是民族，而是佛教和道教。或许是这两种宗教都恰好符合当时民众的精神需求吧，整个中国盛行佛教和道教。佛教是从外国传进来的东西，当时无论是匈奴还是汉族，大家都说要按佛教的思想行事。当时出现了很多优秀的和尚，他们都与政治相关。也就是说，那时的中国社会是通过佛教把民众统合在一起的。南北朝时代也是如此。

——三国之后的南北朝时代，佛教迎来了绚丽多彩的开花期，陈先生在《秘本三国志》中引入佛教因素，真是独具慧眼！佛教是由被史书称为“西戎”的异族人传到首都洛阳来的吗？

正如前面所提到的那样，我感觉以前的《三国演义》缺少佛教因素。三国时代确实是兵荒马乱的乱世，佛教进入中国应该就在那个时期。但书写正史的人由于受其价值观的影响，对佛教采取了视而不见的态度。因此，我打算以今天的视角来叙述那时可能发生的故事。

白马寺位于现在洛阳市的东郊。但是根据《洛阳伽蓝记》[1]等书记载，当时它建在洛阳城的西侧。三国时代的白马寺恐怕是暂居在洛阳的西域人寄托信仰的活动中心。对于汉族人来说，起初白马寺可能不是他们寄托信仰的场所，而是

1 《洛阳伽蓝记》，北魏散文家杨炫之的作品。杨炫之，元魏北平（河北满城）人。《洛阳伽蓝记》共5卷，记述了北魏时洛阳佛寺园林兴衰梗概及建筑结构等，并且记载了当地人物、风俗、地理及传闻掌故。

可以产生异国情调的地方。

但是，由于三国时代战乱频仍，国土荒废，人们已无法忍受生离死别的痛苦，他们切身体会到了人生的无常。于是，他们对佛教不再感到好奇，而是将它作为拯救灵魂、寻求安慰的寄托，开始虔诚地信奉了。那是一个混乱和迷茫的时代，正因为如此，佛教才迅速地抓住了中国人的内心。

据说作为游牧民族的月氏[1]人可能就是此前所谓的斯基泰人[2]，他们在中国史书上时而出现，时而消失。因此，他们只是名称不同而已，并没有在中国迅速消失。粟特族人也是如此。现在看来，他们大概是伊朗或者是波斯人。总之，他们来自西方。粟特人来到当时的首都洛阳之后，为自己的团体能够寄托信仰而建造了寺院。来到洛阳的粟特人虽然是商人，本是为赚钱而来，但他们仍然建造了寺院。

1　月氏是匈奴崛起以前居于河西走廊、祁连山的古代游牧民族，亦称“月支”“禺知”。月氏于公元前2世纪为匈奴所败，西迁伊犁河一带，后又败于乌孙，遂西击大夏，占领妫水（阿姆河）两岸，建立大月氏王国。

2　斯基泰人，中国《史记》《汉书》中称之为“塞”或“塞种”、尖帽塞人或萨迦人，是公元前8世纪至公元前3世纪位于中亚和南俄草原上的印欧语系东伊朗语族之游牧民族。

以前书写中国历史的史家大都是儒家学者。在三国时代，佛教应该已经进入中国，恐怕是因为佛教还没有传播开来的缘故，史家在史书中很少提及。正因为他们对儒学记述很多而对佛教记载很少，所以我才产生了写一写佛教的想法。另一个原因是，我创作《秘本三国志》时，有关中国佛教史方面的研究著作也出版了不少。

在道教方面，我塑造了“少容”这样一位女子，她的身份是道教一个派别中的辅佐者。在故事的进程中，我让她作为幕后人物发挥重要作用。虽然我感觉太平道及同属道教的五斗米道都受到佛教的很大影响，但由于这方面的资料比较少，我作为小说家才有了创作的空间。尽管少容这个名字出自《三国志·蜀书》中“有少荣”这一记载，该书对五斗米道张衡之妻确实记为“年轻貌美”，但是，我仅仅是借用其名字而已。

因为宗教团体的活动在正史中尚有记载，所以把那些内容添加到作品中，无疑会令出场人物在故事中鲜活起来。另外，令人难以置信的是，教团中竟然有人跟上层社会有联系，特别是身在后宫的女人们，她们恐怕也拜佛求道吧。况且，东汉末年后宫的势力比较强大。我想如果运用上述素材，就可以创作出一个崭新的世界来，一个并非不能存在的可能世界。

佛教最初进入中国时，传教所使用的术语并不统一。佛经大多使用道教教典中的用语。在某些地方，佛教传播者为了推广佛教干脆把道教当成了跳板。有时他们为了使民众更好地理解佛经，也借用儒家的语言进行解释和说明。对于这种情况，我不禁产生很多疑问：比如，民众到底能从中学到多少真经呢？有记载说，笮融[1]（？—195）的家人似乎都成了佛教的赞助者。我也想就此做一番考查。

佛教在中原传播之前，在蜀地似乎已相当普及，特别是西蜀的五斗米道，好像很早就受到佛教的影响。因为五斗米所建立的“义舍”采用了一些类似佛教的做法。所谓义舍就是指免费住宿的设施。提到佛教传入中国，人们往往把目光转向丝绸之路，其实，南方的传播渠道也很重要。

在吴国就是如此。比如，孙权就是信服康僧会[2]这个从南路而至的僧侣而成为佛教徒的，他甚至在南京为康僧会建立

1 笮融，东汉时期丹杨人。黄巾乱起，他聚集数百壮丁投奔任徐州刺史的陶谦，陶谦命他负责广陵、下邳、彭城三地的赋税运输，后又为下邳相。他在下邳所建的浮屠寺、九镜塔在佛教史上具有重要地位。

2 康僧会（？—280），祖籍康居。吴赤乌十年（247）到建业设像行道，孙权为其建建初寺，译编有《吴品》《六度集经》共2部14卷。

了一个叫建初寺的寺院。作为丝绸之路西部的重要国家——大月氏人的支谦[1]汉译了《维摩诘经》[2]，这也是在孙权的庇护下完成的。不仅限于上述的这些事情，外来的东西丰富了中国文化。

汉朝可以说是由多民族构成的国家，唐朝也是如此，唐朝皇室就有鲜卑人的血统。然而，当提到中华文化和中华文明时，人们会有“高大上”的感觉。如果我们想一想中华文化是以什么方式形成的，那就会比较清楚。但是，千万不要以为中国接受了印度思想、受到了佛教影响就是多么严重的大问题。

1 支谦，又名支越，字恭明，生卒年不详（约3世纪），三国时佛经翻译家。译出《大明度无极经》《大阿弥陀经》等经卷。

2 《维摩诘经》成立的年代在1—2世纪，是印度大乘佛教时期出现的经典之一。此经在中国早有流传，从东汉至唐初，除鸠摩罗什译本外，还有7个译本。

充满睿智的通道——丝绸之路

——陈先生在学生时代就学习波斯语，对西域、印度予以极大的关注，并以《纸张之路》（1994）和《敦煌之旅》（1976）为代表，发表了很多随笔以及历史、文明方面的游记。通过考察佛教及月氏人的情况，您好像对中国与西方之间的交流也很感兴趣。

人类一直通过各自所属集团之间的邂逅和交往，获取各种各样的睿智。丝绸、纸张和玻璃是这样获取的，青铜铸造技术同样也是这样得到的，思想和信仰可以说是睿智本身吧。睿智并非孤立存在，它靠自身所蕴含的能量把自己传播出去，在其他地方延伸增长。丝绸之路就是人类睿智的一条重要通道，也是东西方文明交流的重要通道。从这个意义上来说，丝绸之路如同一串璀璨的明珠，一直激发人们不断追寻梦想和浪漫。

民族在移动中超越了语言不同、人种不同及大自然的严酷。东方制作的丝绸被运往遥远的西方，而玻璃则由西方传入东方，由此，我们可以享受人类睿智所带来的馈赠。我准备开启丝绸之路的旅程之后，能够宏观地看待地球了。自己并非自命不凡，但书写丝绸之路的使命感还是有的。

——纸张也是由中国发明后传到西方去的，它在东西方文化交流中具有象征意义。

是的。当然，中国制作的纸张是重要的出口商品，价格肯定很高。既然中国历代王朝从不向外国传授纸张的制作方法，那就必然会有人从外国来到中国获取技术，当时造纸术可是国家机密啊。

按照一般说法，纸张是2世纪初东汉时期宦官蔡伦（？—约121）发明的。但在此之前，好像也有过类似纸张的东西。“纸”这个字古已有之，因为它是“丝字旁”，所以，古时的纸还不是东汉时期的纸，而是类似于罗布泊纸那样的原始物品。

造纸术从中国传到西方世界是在8世纪中叶以后。它是逐渐西进的，最终传到欧洲，经历了1000年左右。纸张需求的激增是因为西方诞生了伊斯兰教，穆斯林为了书写《古兰经》[1]的确需要大量的纸张。

在公元751年的唐代，中国与伊斯兰政权的阿拨斯王朝[2]在塔拉斯河畔（Talas River）发生过一场战争。在这场战争中，由于唐军中土耳其系的葛逻禄[3]部倒戈叛变，唐朝安西节度使高仙芝率领的军队大败。被阿拨斯王朝军队抓获的唐军俘虏中，有许多造纸匠人。阿拨斯王朝军队将这些造纸匠人迅速押往撒马尔罕[4]，6年之后，在那里建起了西亚第一个造纸厂，造纸技术就这样在伊斯兰社会传播开来。那是为书写《古兰经》而生产出来的纸张。我把这种纸张传

---

1 《古兰经》是伊斯兰教的经典，它是穆罕默德归真后由继承人欧斯曼莱等人收集后抄录的定本。共30卷、114章、6236节。一千三百多年来阿拉伯人在各种条件下对《古兰经》的经义进行分析、阐述、注释和研究。

2 阿拨斯王朝，阿拉伯帝国的第二个世袭王朝，古代中国史籍中称为黑衣大食。750年取代倭马亚王朝，定都巴格达，后于1258年被蒙古旭烈兀西征所灭。

3 葛逻禄，亦称葛罗禄、卡尔鲁克等，6—13世纪中亚的一个操突厥语的游牧部落，是铁勒人诸部之一，地处北庭西北，金山（今阿尔泰山）之西。

4 撒马尔罕，意为“肥沃的土地”，中国古代称之为“康居”，是中亚最古老的城市之一，现在是乌兹别克斯坦第二大城，撒马尔罕州首府。

播的途径叫作“纸张的通道”。

另外，有的学者提出“中国人种的西方起源说”，认为中国人是从西方迁徙而来的，尽管现在我们并不这样认为。

这种观点出现在拉克伯里[1]（1844—1894）的《巴比伦与东方纪事》（*Babylonian and Oriental Record*）这一有关亚述[2]文明的杂志上。那是我年轻时收集的资料，最近搬家才偶然翻了出来。

为什么说中国人是从西方迁徙而来的呢？拉克伯里认为：中国人是在巴比伦王国繁荣时期从西方向东方迁移而来的亚述人。他说，中国民众被称为苍头或黎民，是说头是黑色的，也就是不戴帽子的意思。这与亚述帝国把民众称为头黑是相同的。当时，人们认为拉克伯里的说法过于武断。现在看来，他的主张也没有什么说服力。用“冠”来表示阶级，在任何地方都出现过，不让奴隶戴“冠”绝不仅限于亚述帝国。不过，对于匈奴不

1　拉克伯里（Terrien de Lacouperie），生于法国西北部诺曼底地区，幼年随父亲移居香港，熟练掌握汉语，并接受了中国古代经典教育，先后出版《古巴比伦文字及其中国起源》《中国上古文明的西方起源》等著作。

2　亚述，古代西亚奴隶制国家，位于底格里斯河中游。公元前3000年中叶，属于闪米特族的亚述人在此逐渐形成贵族专制的奴隶制城邦。

是民族名称而是政权名称的观点，我却认为是拉克伯里的卓见。

——说起西方传入中国的东西，比如食品、风俗等，应该有很多吧。

胡服、胡琴、胡瓜、胡桃、胡椒等，大凡带“胡”字的东西，都是在东汉末期汉灵帝时代渗透到汉族人生活中的事物。汉灵帝喜欢西方的东西，平民百姓也争相效仿。

胡人这种说法不仅指伊朗人，有时也指全体外国人。唐代胡人是指从伊朗方面来的人。例如，盘腿坐也写为“胡坐”，这种坐姿也是从西方传来的。我们农耕民族是跪坐，因为里面没有穿短裤，所以一旦盘腿坐下，里面就全暴露在外了。游牧民族经常骑马，所以他们都穿裤子，因此就形成了那种坐法。另外，来自西域的简易椅子被称为“胡床”，曹操就很喜欢坐胡床。

——在西方传入东方世界的事物中，最重要的东西是信仰吗？

在西方传入东方世界的事物中，最重要的就是佛教。因为宗教与民族、文化、国境等无关，它与人的精神世界有关，所以从某种意义上来说，它可以轻而易举地跨越国境。真是宗教无国界啊。

文化交融所产生的东西

——*在东西方文化的交流中，中国文明发展壮大起来。唐和伊斯兰这两大文明的交汇是在8世纪中叶左右。如果只看表面，它们好像是在相互碰撞，但是文化交融过程中也可能产生某种新东西吧。*

既然是邻居，彼此之间就会既有交往，也有碰撞。也可以说，邻里之间除了磕碰也有相互交往，所以我认为双方都有相互借鉴的东西。通过邂逅、交往，彼此都会在物质上、精神上产生新的东西。

之所以人类一直都拥有文明，归根结底还是由于相互接触。正如刚才所说的那样，最初牧民在放牧时，什么东西都不带，到处游荡，直到采集到的东西全部消耗掉，又向其他地方游走。某一天，牧人在绿洲上与来自对面的人相遇，彼此询问对方在做什么，怎么做。在这一过程中，牧民从对方那里获取某种知识，对方也从牧人这里学到某些东西。比如彼此交换各自所走过的道路信息，等等。文化和技术等方面的交流与传播，不就是这样开展起来的吗？

中国拥有多个民族，所以把中国人定义为某种纯粹的民族，把中国文化定义为某种纯粹的文化是没有道理的。我觉得，历史上流传下来的故事中强调的“这就是中国”的观念，聚合了中国人。中国人总体上带有平民的性质，能深入平民百姓内心的东西才是真正中国的东西。中国虽然经历过无数次王朝兴衰，但是真正被卷入现代国际关系的旋涡中来，却是源于英国发动的鸦片战争。

按照哈佛大学政治学教授塞缪尔·亨廷顿的观点，可以说是文明的冲突使中国走上了现代化的道路。并且，最近10年间由于引入了市场经济，中国发生了巨大的变化。如果用一句话来概括上述情况，那就是“交流无国界”。由于人们频繁越过国境开展交流，因出生地不同而带来的歧视也在减少。我认为，不久的将来中国大陆与台湾之间的隔阂就会消失。

总之，我认为东西文明冲突会有较长时间的阵痛期，希望在反复试错的过程中，会诞生出新的东西来。

我期盼着那个新东西的到来。

Ⅱ 超越民族主义的精神

我和耶律楚材

——陈先生写过13世纪在成吉思汗帐下担任过宰相的耶律楚材（1190—1244）（《耶律楚材》上、下卷，1994年），您是什么时候知道耶律楚材这个人的？当时您是以什么样的心态来塑造这个人物的呢？想请您谈谈这方面的情况。

在我的中学时代，学校开过东洋史这样一门课程，课堂上老师只是提了一下耶律楚材的名字，教材里对他的介绍也仅限于一行左右的文字。尽管如此，脑海里对他还是有些印象。等我中学毕业的时候，我拿自己的境遇跟耶律楚材进行比较，觉得他跟自己很亲近。

在俄语等语言中，将中国称为“Китай”。“Китай”是指在中国北方游牧的蒙古系民族，其复数形式是“Кидан”，中国取其谐音称“契丹”。10世纪契丹开始强大，在中国北方建立了“辽”王朝。对于中亚人来说，中国就是以前的契丹。这个名称传到欧洲，俄语中，中国人是“китайский”（契丹斯基），英语中“Cathay”也是中国的意思，它甚至成为航空公司的名字。

耶律楚材出身于契丹皇族，大约在他出生的100年前，契丹被东方崛起的女真族政权——“金”灭掉了。耶律楚材的父亲、祖父由契丹人变成了辽的遗民，并开始为金效力。金是由狩猎集团一下子成长为拥有庞大政权的王朝，所以处理事务的官员特别稀缺。在这种情况下，金王朝对于亡国的契丹族人才比较优待，王朝很快恢复了科举制度，对知识阶层采取了怀柔政策。

然而，时代发生了巨大变化，金又被蒙古人所灭。为金效力的耶律楚材，在燕京陷落后又像他的祖先一样服侍起蒙古人来，他是在为一个毁灭自己祖国的国家效力。我想，为什么会出现这样一个人物呢？于是，我开始对耶律楚材的人生经历产生了浓厚的兴趣。

刚才说过，耶律楚材生活在蒙古汗国崛起的时代，当时的蒙古还是一个连文字都没有的武装集团。当时中国的统治者女真政权——金，由于错误的外交政策而导致内争不断。恰在此时，出现了成吉思汗（1162—1227）这样一个军事天才。但是，其在行政方面一窍不通。因此，当时的中国知识分子肯定会想：如果不好好引导，其后果不堪设想。这种知识分子的代表或许就是耶律楚材吧。

因此，用一句难听的话来说，服侍成吉思汗就像驯养猛兽一样，弄不好驯养者本人也会被猛兽伤到。因为不论是成吉思汗还是秦始皇，那种英雄豪杰型人物都是猛兽。所谓宰相，就是善于驯养猛兽的人。我认为，耶律楚材是其中的典型代表。

与此同时，耶律楚材还留下了《湛然居士集》《西游录》等著作。所以把他与《三国志》里的诸葛亮进行对比，我们会听到耶律楚材本人的心声。因此，我一定要写他。但如果换上孔明，不好意思，我就觉得写什么都无所谓了。因为孔明的心声只能在《出师表》中听到。

——对拥有各种立场的人物采取多维视角进行观察和分析，这是多维历史观。我认为这种历史观也正是陈先生观察历史的方法，是吗？

一个人怎样才能超越民族和文化上的差异，最终与他人相互理解，共生共存呢？对于这样的问题，我作为一个在台湾出生、在神户长大的人倒是颇有同感。

我说不太好。但是，我之所以对历史感兴趣是因为自己经常思考这样一个问题，那就是为什么日本会占据台湾。我父亲出生的前一年即1895年，台湾被日本占据，直到现在台湾人对此仍抱有复杂的情感。我出生的时候，台湾已经处于日据时代，所以我们这一代跟此前出生的台湾人之间存在着断层。日据之前出生的那些人，对于“台湾是中国领土”怀有特别强烈的感情。

即使是我们这个年龄段的人，也因居住地不同而想法各异。“二战”前，和我同一年龄段的人要从台湾来到日本参加考试。当时，日本与台湾之间的主要交通是船运。他们通过基隆与神户之间的航线，先到神户，然后花费十几小时到达东京，大多数人要在神户住上一晚。他们大都与我同岁，所以我和他们谈话很投缘。记得当时他们暑假来我家拜访时，我们还曾热烈地探讨年轻人所面临的很多话题。当然，他们面临考试，没有多少闲余时间。

那时大家谈论的中心话题是我的故乡台湾。当时，台湾遭受了日本人各种各样的歧视。虽然我也是台湾人，但是在日本长大的，那样的歧视我没有亲身体验过。对我来说最好的学习就是倾听那些身在台湾的台湾人的感受。虽说我与他们是同龄人，在感受上还是有一些细微差别的。

那些年纪稍大、日本占据台湾时已经懂事的人，现在大都不在人世了，那一代人的感受与我们这一代人的感受也存在很多不同。那一代人中有这样一些人，他们除了对日本占据台湾愤愤不平之外，也认为清政府对台湾不负责任。台湾社会存在着以上各种不同的阶层，所以对日据时代的感受千差万别也就不足为奇了。

在中国历史中，我选取了16个自己喜欢的历史人物，写出了《中国英杰传》（1991年出版），耶律楚材也包含其中，因为他是我很早就想写的人物。

另外，查阅耶律楚材的家谱，就会发现他的家族和“辽”这个契丹族政权的皇族颇有渊源，原来耶律这个姓是大辽的国姓。

关于“楚材”这个名字，据说源自左丘明所著《左氏春秋》，意思是被外国录用的人才。楚国是南方兴起的新势力，可以说是一个超级军事大国。虽然楚出现了很多著名人物，但由于刑罚过重，一些重要人物不断地逃往国外。因此，楚国人才在楚国本国受到重用的不多，而在别国却得以重用。比如，晋国就有不少大臣来自楚国。也就是说，楚材是指在外国发挥作用的人才。耶律楚材的字是“晋卿”，大概是虽为“楚国之材”但会录用为“晋国的大臣”之意吧。

楚材出生不久，父亲耶律履就给他起了这个名字，其中包含着父亲对儿子的期望：“一旦草原上出现的巨大势力将金国吞并时，你要成为那股势力所重用的人才！”尽管表面上的解释会是另外一套说辞，但“楚材”的真正含义恐怕就在于此。楚材是耶律家的人，属于辽国的皇亲国戚，其地位特别显赫，所以他父亲恐怕也是这样希望的，即只要你有能力，你就一定会被人发现并受到重用。

为异族王朝效力

——我们知道您在中学时代就知道了耶律楚材这个历史人物，那么您又是从什么时候开始比较详细地了解他的情况的呢？

那是1943年，我提前一年从大阪外国语学校毕业，到母校西南亚语研究所的那个时期。战争期间日本出版了一本岩村忍[1]先生写的《耶律楚材》，那是一本内容比较简单的书，但我反复阅读了好几遍。那个时代，图书纸张质量不太好，我经常随身带着这本书，有一天还把它弄丢了。

耶律楚材的父亲耶律履当然是契丹人，也就是说，楚材

1　岩村忍（1905—1988），日本史学家，1929年以新闻联合社特派员身份来中国，长期从事民族、考古方面的调查研究，在蒙古史、游牧社会史、元典章方面多有著述。

是他们家族成为金民之后的契丹第三代。母亲杨氏的父亲是以大学者而闻名于世的汉人，是苏东坡的四世孙。可以说楚材是一个混血儿，长期在北京居住，所以他完全浸润在汉化的环境里。

楚材出生在契丹人家庭，后来又为金、蒙等异族王朝效力，并最终成为成吉思汗的宰相。因此，我一直以为他肯定懂得契丹语，但是经过考察发现，尽管他是一位学识丰富的契丹文化人，起初他却对自己的民族语言——契丹语，既不会读也不会写。他是随成吉思汗西征来到中亚时，从契丹族的“西辽”[1]即哈剌契丹人那里学会母语契丹语并认识契丹文字的。当然，蒙古语也是他归顺之后学会的。我认为，最初他跟成吉思汗讲话时也肯定需要翻译。耶律楚材的确是个比较复杂的人。

究竟将楚材算作哪个种族的人好呢？好像蒙古人也曾经犹豫过，但最终蒙古人没有把他当成表示多种族的“色目人”，而是把他归类为汉人。这种分类在文化上可能是准确的。不过，楚材并不在乎这些，他自称自己是世界人。当时，也许没有世界人这样的理念，但是我认为他是那样想过

1　西辽（1124—1218）是中国历史上由契丹族在中国新疆和中亚地区建立的政权，亦称哈剌契丹或黑契丹，是第二个契丹王朝。

的。他想作为一个世界人而做出自己的贡献。

——然而，换一个角度来看，可以说耶律楚材是在为灭掉自己国家的那个政权效力。所以，他是否也曾有过撕心裂肺般的痛苦经历呢？

那是他父亲耶律履经历过的时代。金灭掉了耶律一家的祖国“辽”，从耶律一家效力于金，到金被成吉思汗蹂躏压迫，时间正好过去了90年。成吉思汗与耶律楚材初次见面时说：“你的国家辽是被金灭掉的，金对你来说是世代仇敌，如今我为你报了仇。你要感谢我！”对此，耶律楚材答道：“我的祖先降金，并已做了金朝臣子，哪能说金是我的仇敌呢？”

如果一个人总是怀念已经灭亡的国家，把现在的君主视为仇敌，那么他会惶恐不安，也不会得到君主的诚心任用。成吉思汗说 “我为你报了仇”带有一种以恩人自居的傲慢，而耶律楚材却说金是君主，不是仇敌。

耶律楚材反驳了成吉思汗，反而让成吉思汗喜欢上了他。据说成吉思汗对楚材所说的话十分感动。成吉思汗是独裁者，如果他说“把这个家伙杀掉”，当场就能做到。所以我认为楚材的回答非常大胆，他没有在胜利者面前摇尾乞怜，这正是一个儒者应有的道德风范。

成吉思汗将楚材留在身边，对他不再直呼其名，而是称他为“吾图撒合里”，也就是“美髯公”的意思。我想楚材年纪轻轻就留着漂亮胡须，大概也有“我是超人”的含义吧。

草原规则和人伦之道

——在《耶律楚材》中，陈先生写道，面对蒙古人以进攻和杀戮为宗旨的野蛮草原规则，耶律楚材以自己为盾牌，首先告诉蒙古人这种做法是野蛮的，他为引导蒙古人走向文明，殚精竭虑，付出了全部心血。

在成吉思汗的儿子太宗窝阔台汗 (1186—1241)时代，中国北方被蒙古政权征服。窝阔台第一次进入中国北方时，蒙古人好像对中原文明毫无敬意。窝阔台汗的近臣别迭等人甚至进言："汉人无补于国，可悉空其人以为牧地。"这段话极其恐怖，意思是说汉人没有用处，可以把他们全部杀掉，将他们的住处变为牧场。实际上，这种政策马上就要实施了。按照蒙古人的规则，这大概相当于杀光全部汉人吧。他们甚至已经议论道：杀光全部汉人是难以做到的，所以可以把姓陈或姓林的人家全部杀掉，这样人口可减少一半，等等。

就在中国北方居民命悬一线，风雨飘摇之际，正是耶律楚材挺身而出，反对杀光汉人和土地牧场化的做法。他极力劝阻道："这样的措施绝对不要实行。"他举出具体的例子，比如每年农作物的收入是多少，商业利润有多少，汉人们今后会给我们带来多少收益，与其让农田变为牧地养羊，不如今后从农田收取税金更为有利，等等，用数字逐一进行了反驳。于是，别迭等"悉空其人"的政策被制止了，文化传统也终于受到了保护。

他说自己这样做是为了人伦。所谓人伦，当时是指人类，意思是说无论是汉族还是蒙古族都没有区别，他是为了人伦、为了人类才那样做的。

耶律楚材一生都在为金、蒙等异族王朝效力，并且连契丹族的语言都忘掉了，在契丹人看来，他是一个不折不扣的叛徒。正是因为楚材有了这样的人生经历，他才会觉得自己是在为全人类而奋斗吧。耶律楚材心中所秉持的正义，实际上就是百姓的安宁或百姓的平安无事，这恐怕才是他脑海里的首要目标吧。我觉得，日据时期的自己与耶律楚材的经历相对照，彼此在内心上倒有许多相通之处。

耶律楚材是成吉思汗西征时随军到达中亚的。他虽然是契丹人，却有着汉人知识分子的修养，创作了数量可观的诗歌。这些诗都是汉诗，但其中以西域为主的诗作却是以往中国诗人未曾涉足的领域。

西征军旅未还家，
六月攻城汗滴沙。
自愧不才还有幸，
午风凉处剖新瓜。

这是题为《西域尝新瓜》的七言绝句。这里的新瓜是指哈密瓜。从诗中“攻城”与“汗滴沙”等词句，也不难看出这是一首军旅诗。西征将士在炎炎烈日之下挥汗如雨，发现不远处的阴凉地里竟然长着哈密瓜，这教人如何能忍耐得住呢？耶律楚材本来就有渊博的学识，随成吉思汗出征西亚则又进一步拓宽了他的视野。

成吉思汗想把“投降者生反抗者死”这样的草原规则原封不动地照搬到被他征服的世界。除此之外，他不知道还有其他办法。耶律楚材身为成吉思汗的幕僚，以自己为盾牌，从野蛮中顽强地守护着文明，同时他的内心也增加了一份使命感，那就是必须告诉成吉思汗什么是文明。

据传西夏有一位制造弓箭的名家，叫常八斤，他嘲讽耶律楚材说："国家正值用武之际，像耶律楚材这类儒者有什么用处呢？"楚材反驳道："造弓尚且要用弓匠，欲治天下的人怎能不用'治天下匠'呢？"

成吉思汗对耶律楚材的回答十分满意，更加信任倚重他了。但是，为了告诉蒙古人什么是野蛮，耶律楚材若是提不出具体的对策来，成吉思汗以及那些蒙古族首领是不会明白的。他们也清楚自己的行为很残暴，但认为那是为了活命而必须做的事情，并不知道除此之外还有别的办法。正因为如此，耶律楚材才不厌其烦地向他们进言说，那样做不行，只有共生共存才是人类应有的状态，才是文明的做法。

——耶律楚材劝谏杀戮、解放奴隶、反对重税等，凭借这些措施，他不知拯救了多少人啊。

蒙古人只要税金不足，就随便多征税，政策带有极大的随意性。他们认为民众疾苦与我无关。耶律楚材极力反对这种蛮不讲理的做法，认为那样征税，民众太苦了。为此，他向最高统治者进言，采取各种措施予以纠正。

他的功绩之一就是促成了丙申税制的形成[1]（1236）。蒙古人不擅长制定经济政策，在这方面他们倾向于让色目人来处理。蒙古人认为色目人对利益敏感，属于天生理财的高手。针对河南110万两的税收银，有个色目人说："如果让我去征税，岂止征收110万两，我会上交两倍，即220万两。"这个色目人说要征收两倍的税银，显然是横征暴敛。耶律楚材极力反对说："如果征收那么多，民众太苦了。"但是，朝廷最终还是决定让这个色目人去征收税银。

然而，这个色目人竟然征收了300万两以上，他上交完规定的税银数额后，将剩余部分据为己有。其结果是民众陷入了生灵涂炭的境地。尽管耶律楚材拼命反对，但他的意见并没有被朝廷采纳。结果，那个叫阿卜杜拉·拉夫曼的色目人，在耶律楚材死后两年因做坏事败露而被杀，后来蒙古人才认识到耶律楚材是正确的。

金的首都是汴京，即现在河南省开封市。蒙古大军攻陷汴京时遇到了金的顽强抵抗，蒙古军队受到很大损失。蒙军大将向窝阔台汗建议"屠城"，想将城中的百姓杀光。这种

1　蒙古汗国的赋税制度南北相异，北方主要是税粮、科差，南方征夏、秋两税。窝阔台八年丙申（1236），更定赋税制度，史称丙申税制，基本上确立了元代在华北地区的赋税体系。

报复就是斩尽杀绝呀!

耶律楚材急忙入宫参见窝阔台汗，拼命请求“不要屠杀”，这才避免了对汴京的大屠杀。但是，城里人全部变成了奴隶和奴婢。于是，耶律楚材又想从这些奴隶中救出知识分子和儒者，建议朝廷实行“戊戌选试[1]”。这种“选试”不是科举。真正的科举考试是在此后很长时间才恢复举行的。科举是定期举行的，但当时所颁发的特别命令说，这次考试是一次性的，被俘为奴的人也可以报考。据说在这次的选拔考试中，及第者4020人，每4人中就有1人被录取。所以，这次选拔考试解放了多达1000名奴隶。

在某种意义上来说，耶律楚材一生的工作不就是向以武勇立国的蒙古人竭力传达一种文明的规则吗？为了这个目的，他才一直伴随在一句话可以使万人丧命的大汗左右。也就是说，他想在与大汗建立友谊的基础上构筑自己的理想。但是，他的晚年却不太走运，好像窝阔台汗对他并不重视。

---

1 1237年窝阔台下诏遍试儒生，以论、经义、辞赋三科，中试者免其赋役，并可以与各处长官同署共事。考试于1238年（农历戊戌年）进行，后因此举触犯了当权者的利益，考试及格者多未能入仕。

——耶律楚材想要把文明的规则告诉游牧民族，是因为他的身上肩负着一种使命，对吗？这种使命就是要把中国长期历史进程中培育起来的大同精神传播出去。从这一意义上来说，或许他是在不断地奋斗，是这样吗？

蒙古族人统治中国时期，是想要把草原规则原封不动地带进所征服的世界中去。告诉蒙古人文明规则的人正是耶律楚材。他认为，如果蒙古汗国逐渐明白这些道理，此处是最容易实行大同的地方，因为蒙古人没有那么强烈的领土野心和金钱欲望，只要对他们善加教化和引导，是可以实现大同的。

进谗污蔑“楚材危险”的是那些与耶律楚材敌对的色目人。当时的色目人分为伊朗系和土耳其系。他们继承了以往粟特人的传统，在经商方面具有天生的才干。我认为，耶律楚材每遇大事都与大汗等人当面争辩是很痛苦的，据说窝阔台汗就曾对耶律楚材说过：“你是想和我打架吗？”

耶律楚材是一个身材高大的人，《元史》上说他身高八尺。《元史》是明代人编写的，元明时期的一尺是30多厘米，和我们现在的一尺基本相同。因此，耶律楚材是一个身高超过两米的大汉，加上他留着胡须，“声若洪钟”，似乎显得更加高大。

他拥有那么高大的身材，如果是边流泪边说话，其气势之大可想而知，以致窝阔台汗都说“你是想和我打架吗”。这件事在正史上有记载，可见耶律楚材的确是跟大汗拼命争辩过。当然，那时他说的蒙古语也未必很流利，又加上有很多肢体语言，因此窝阔台汗才认为耶律楚材的架势像是要打架吧。

我对耶律楚材有比较深入的了解是从学生时代开始的。我毕业于大阪外国语学校的印度语专业，所以对印度特别感兴趣。那时，泰戈尔（1861—1941）以英译诗集《吉檀迦利》获得诺贝尔文学奖，他也多次访问日本，名气很大。但泰戈尔是用孟加拉语或英语写作的，而我只能读懂印地语，所以多少有点失望。泰戈尔的作品被译成日文的很少，没有办法，我只能读那些从英文转译过来的作品。

当时泰戈尔反对日本侵略中国，批判日本的国家主义（Nationalism），所以日本人好像也不太欢迎他。泰戈尔有一部名为《戈拉》的思想性小说，描写了一个印度青年的思想由激进的民族主义蜕变为普遍主义的过程。我在写耶律楚材的过程中，有时会突然想起泰戈尔的作品来。也许读者会在戈拉和耶律楚材这两个人物的人生经历中找出二者的共通之处，那就是他们二人都经常思考整个社会的“人伦”，而不是局限于某个民族。

发掘被埋没的大侠

——耶律楚材是13世纪的人，岁月已过去将近800年了。现在是20世纪末，您特意向世人推出耶律楚材这个人物，讲述他的故事，请问是为什么呢？尽管您在《耶律楚材》的后记中也谈到了这一点。

我觉得耶律楚材离我很近，他是一个充满魅力的人物。听说著有《李陵》这本书的中岛敦[1]（1909—1942），生前曾经对友人说要将耶律楚材写成小说。中岛先生出身于汉学氛围特别浓厚的家庭，家里藏有耶律楚材的那部多达14卷的文集——《湛然居士集》。第4卷之前都留有中岛先生朱批过的痕迹。他是那么想写耶律楚材，却没有写成，因为他过早

1　中岛敦，小说家。出生于日本东京，祖父及父亲都是汉儒学者，主要作品有《虎狩》《南岛谭》《环礁》《盈虚》《牛人》等。

地去世了，未能读到他所写的“耶律楚材”是我们的不幸。我也特别喜欢中岛敦的作品，所以有继承中岛先生遗志的想法。耶律楚材是我多年来内心珍藏着的题材，但这次毕竟是要将它写成小说，并且还要写得有意思，所以我是经过反复思考之后才动笔的。

——人们都说陈先生既是出色的小说家，又是优秀的历史学家，历史小说著有《中国任侠传》（正篇、续篇，1973年出版），对吧？其中有英雄、豪杰、美女、恶女……范围很广，他们都是舍己为人、终其一生走在任侠之路上的人物。您为什么要写“侠”呢？

我认为发掘被埋没的“侠”是我毕生的工作之一，“侠”在正史和民间传说里都有记载。里面的人物虽有“侠”的成分，但归根结底它是宗教性的问题。我在前面也提过，书写历史的人多是与儒学有关的人，《三国志》当然也不例外，我按自己的方式在三国时代寻找“侠”，在《三国志》中却几乎找不到。

另外，书写历史的人也有一个立场问题。耶律楚材在用汉语书写的《元史》上经常出现，但在志费尼[1]、拉施特[2]等人用希腊文记载的文献中却不见踪影，甚至有人说，辅佐成吉思汗的宰相——耶律楚材并不存在，日本也有持这一观点的学者。毫无疑问，耶律楚材曾经身处蒙古汗国政权的中枢，这一点是证据确凿的。

然而，在那部希腊文文献《史集》中却出现了许多名人，如战争的胜利者、权势人物、失败者、赚大钱的人以及征税者，等等。因为耶律楚材并没有为这些人做过什么，他本人没有在战争中战胜过敌人，也没有赚取很多钱财，才没有在书中出现。仔细想来，耶律楚材的努力集中体现在保卫文明和守护人的生命上，如劝诫杀戮、解救奴隶和反对重税，等等。

从《史集》作者的价值观来看，耶律楚材之类的人似乎是不必要的，所以他才会被忽略掉。对于伊斯兰史学家来说，耶律楚材也就成了不足以记载其业绩的人了。但是，在中国文献中，耶律楚材是作为正史中的人物来记载的。

---

1 阿老丁·阿塔蔑力克·志费尼，蒙古官员，波斯历史学家。1226 年出生于波斯的志费因省，著有《世界征服者史》。

2 拉施特，伊利汗国宰相（约 1247—1317)，奉伊利汗合赞和合儿班答之命，主持编纂《史集》，历时十年编成。

《元史》列传中有关楚材的内容所占比例最大，因为耶律楚材最后担任了宰相，发挥了重要作用。这就是因价值观不同而产生的不同结果。

成吉思汗们的游牧世界

——陈先生，您实际上在写完这本《耶律楚材》之后，1994年8月在宝塚进行讲演时因脑出血病倒，住了大约5个月的院。更让人吃惊的是，您在阪神大地震发生的前4天出院，并从当年4月开始在报纸上连载，后集成了《成吉思汗一族》一书。

实际上，我因脑出血病倒住了5个月的院，出院是在阪神大地震发生的前4天，即1月13号。我家住在六甲的高地上，那里地基比较结实，所以地震没有导致房倒屋塌。地震时我坐在轮椅上，别人也无法帮助我。东京的朋友们劝我离开神户，至少要到一个能通新干线的地方。地震之初，电话是畅通的。我坐车从六甲的后面绕过，用了8个小时到达京都，那是在地震发生两天之后的事情。就这样，我在京都停留了10天，然后去了冲绳。因为出院之后我就打算在冲绳好好疗养一下。当时是冬天，我想在暖和的地方进行康复。

因此，那一年4月5日开始在报纸上连载的《成吉思汗一族》，开头30回我是用左手写的原稿。现在用右手写，也需要左手来支撑。我也会用文字处理机打字，但我是上了年纪的人，用文字处理机打字，总感觉自己不是在写作。而现在的年轻人中，不用文字处理机就感觉不是在写作的人竟大有人在。我大体上一直用钢笔写作，虽然用铅笔写作可以马上擦掉，很方便，但我反而不行。手不好用之后，我已改用圆珠笔了，但圆珠笔太细，也不行。我有点贪心，因为我还有许多东西想写。

——过去您在《耶律楚材》中追求的主题是：人怎样才能超越民族和文化上的不同而达到互相理解、共生共存。两年之后，您创作了《成吉思汗一族》，把一个与耶律楚材完全不同的人物——成吉思汗放在了中心位置。您在这部作品中，又是怎样思考的呢？

是啊，我经常在想，成吉思汗的子孙们是怎样走完各自的人生旅程的？

斗争对人类来说是不可避免的命运，我正是带着这样的感受创作这部作品的。人不是被敌人所毁灭而是自我走向毁灭的。也就是说，一旦一个人依靠强力来压制别人，那么世上就一定会出现另外一个人依靠强力来压制他。游牧民族的思维方式是，自己所到之处就是属于自己的势力范围。就像游牧民的首领在没有土地分配给部下作奖赏时常说的那样，“向前跑吧，你跑过的地方就是你的。”俄罗斯等国正是因此而变得相当强大的。

因此，从“游牧”这个词来看，我们会有“游牧民可以带着家畜随遇而安”的印象。当然，他们也有自己的势力范围，在其势力范围内，游牧民大体上会按照一定的路线移动。但是，他们的生活绝不是没有法度，而是有着比定居民族更严格的规矩。因为守规矩与生死密切相关，所以谁要破坏规矩，谁就会受到严厉惩罚。因此，游牧民族的领导者拥有强大的权力恐怕是有其道理的。

游牧民常由小、中、大等拥有绝对权力的独裁者来领导，而成吉思汗大概属于超级独裁者。在草原上，人们往东还是往西，前进还是停止或者后退，都迫切需要领导者当机立断。如果久议不决，其间家畜可能会很快死掉。要保证速断速决、迅速行动，合议制绝对不行，必须实行独裁。

所以说，一个拥有优秀领导者的集团是幸运的，而碰上一个愚蠢领导者的集团则是不幸的。游牧民族最期盼的就是一个优秀的领导者，越是处于逆境，这种期盼就越大。我认为，在这里可以找到解开成吉思汗之谜的钥匙。

——听说西域的撒马尔罕是一座非常美丽的城市，那里其实也跟成吉思汗很有渊源吧？

是的。为缔结通商协定，成吉思汗派往花剌子模[1]的蒙古使节被当地官员奥拉特鲁太守杀害。成吉思汗为报复这一行径，连续7年派遣了西征大军。撒马尔罕、塔什干[2]等城市惨遭破坏。在巴米扬[3]等地，由于成吉思汗的孙子中流矢而死，所以凡属活物全部被处死，甚至连树木都被连根拔除，整个

1　花剌子模，一个位于今日中亚西部地区的古代国家，位于阿姆河下游、咸海南岸，今日乌兹别克斯坦及土库曼斯坦两国的土地上。花剌子模有时也被写作“花拉子模”，1231 年亡于蒙古。

2　塔什干，在乌兹别克语中意为“石头城”，是一座历史悠久的古城，6世纪便以商业、手工业著称，成为古代丝绸之路的必经之地，现为塔什干州首府，乌兹别克斯坦首都。

3　巴米扬，位于阿富汗的兴都库什山中，曾是一个盛行佛教的地方。

城市变为真正意义上的废墟。投降可以，如果抵抗就全部杀掉，特别是复仇战尤其残忍。这就是西征大军的特点。尽管如此，据说耶律楚材以自身为盾牌，曾向西征大军进言要求他们尽量抑制残暴的做法。撒马尔罕城重建是在150年之后的帖木儿[1]（1336—1405）时代。

——成吉思汗就这样进入了伊斯兰世界，他对《古兰经》、伊斯兰世界有所了解吗?

我想最初是没有。成吉思汗是骑着战马进入伊斯兰教寺院的。他喂马用的不是草料桶，而是收藏《古兰经》的箱子。我想虔诚的穆斯林看到这一幕肯定会切齿痛恨吧。但是，过了不久，成吉思汗就饶有兴趣地倾听起伊斯兰教的教义来了。听说他认为《古兰经》的内容大体上是可以接受的，但对教徒去麦加朝觐的这一做法并不认同。他说，麦加朝觐对住在麦加附近的人来说不无道理，但对于住在远处的人来说则缺乏公平。成吉思汗特别喜欢找有见识的人前来，听取他们的意见。他虽然没有学问，不能读书，但非常喜欢

1　帖木儿即埃米尔·帖木儿，帖木儿帝国创建者，帖木儿帝国君主、军事统帅。

听取别人的意见。听说耶律楚材经常高谈阔论，说得头头是道，开始成吉思汗可能听不懂耶律楚材说的话，后来他逐渐学习也就慢慢听懂了。另外，或许成吉思汗也认真倾听过商人如何赚钱之类的谈话吧。

“塔塔尔[1]治下的和平”在今天的意义

——这样说来，对于成吉思汗的世界，我想是不是也有一种负面评价，即他在“武力”方面过于强大了。从总体上看，成吉思汗的世界到底是一个什么样的世界呢？

当时丝绸之路的陆路，在成吉思汗时代是最安全的。据说如果出现坏人，蒙古汗国的军队马上会将其抓捕斩首，路上一直有军队戒备，所以不会发生偷盗事件。丝绸之路变得不安全是在成吉思汗的子孙们因继承人问题而发生的兄弟争斗之后。当时，丝绸之路附近变成了战场。

1 塔塔尔族为蒙古人种的西伯利亚类型，“tatar”一词的音译，在汉文史籍中常被译为“鞑靼”“达怛”等，主要分布于中国新疆、俄罗斯、乌克兰、巴尔干、哈萨克斯坦等国家和地区。

一位叫阔阔真（Kogatin）的蒙古公主要嫁到伊尔汗国即成吉思汗的第四子托雷[1]的子孙的国度中去，马可·波罗（1254—1324）得以随行其中。顺便说一点闲话，在忽必烈时代游历中国的马可·波罗，从其著作来看，好像懂得希腊语和蒙古语，却不懂汉语。如果马可·波罗只与当地的首长和事务型官员接触，他掌握的那些蒙古语应该绰绰有余了。当时，他来中国走的是陆路，送阔阔真公主出嫁时，因陆路在打仗，所以最后走的是海路。

另外，因兄弟纠纷而引发的战争，打仗的只是军队，民众只要稍微躲避一下，就会比较安全。据说军队一来，只要举手投降就可以了，所以我认为民众并没有什么痛苦可言。当时的形势是商队经常来往，交易照常进行，我认为那是一个和平时代。

后世的历史学家将那个时代称为“塔塔尔治下的和平”。所谓塔塔尔，是指鞑靼人。这句话的意思是由蒙古人维持的世界和平。当时，那一带的人都把蒙古人叫作塔塔尔人。比如，人们常把现在的和平称为“美国治下的和平（Pax

1　孛儿只斤·拖雷（1193—1232），成吉思汗第四子，尊号“也可那颜”。1227年成吉思汗去世后，三子窝阔台继位，拖雷监国。1232年率军击败金军，回军途中病逝。

Americana）”，即由美国人维持的和平。历史学家评价说，和现在一样，那时是由塔塔尔人治下的和平。

那时，出现了耶律楚材这样一个人物，他殚精竭虑地将蒙古人以进攻和杀戮为宗旨的想法引向文明。然而，蒙古人想进一步扩大自己的领土，所以他们要肃清反对“塔塔尔治下的和平”的人。现在的世界也重复着以前的事情。耶律楚材认为要从整个人类社会的角度来考虑问题，他希望人人幸福。我经常祈祷世界上越来越多的人都能拥有耶律楚材那样的想法。因此，培养一大批不畏强权捍卫和平的后代，正是生活在现代社会的我们所肩负的历史责任。

我认为蒙古没有“我国”这样的概念，他们的意识中自己统治的地方就是世界的全部。他们统治的区域过于广大，所以政府只派遣一个叫达鲁花赤的地方官收取税金，之后民众便可以自行其是。如果政府干涉民众，势必会耗费精力。从这一意义上来说，“塔塔尔治下的和平”就是指只要交钱就有和平的时代。人们因此是否感到幸福，我们不得而知，但我觉得民众会有七成左右的幸福。如果他们卷入战乱，那么幸福就是零了。

完成统一大业的民族时常会要求其他民族改变习

俗，比如作为统一的象征，满族人强迫其他民族全部剃发易服等。蒙古族人好像并没有那样做。所以，就连总理大臣之类的官员都不是由蒙古族人而是由那些被称为色目人的人来担任。大臣当中甚至会有伊朗人或维吾尔族人。当然，也有花钱录用的官员，如耶律楚材之类的汉人，等等。蒙古汗国给人一种“全世界都是我的”的那种印象。因为它的统治范围太大了，所以要花钱找人做适当的工作。

可以说，蒙古人为中国注入了活力。有些人也同鲁迅（1881—1936）的观点一样。他们认为，汉族文化因外族出现而被注入了新鲜血液，在颓废而濒临死亡的状态下获得了新生。从传统中国来看，元代是一个异质时代，但也正因如此，它又是历史教训特别丰富的时代。

——从某种角度来看，我们正确地看待“塔塔尔治下的和平”，其本身就很有意义吧？

是的。也就是说，我们要牢牢把握“塔塔尔治下的和平”的本质，不去学那些失败的东西。所谓“向历史学习”，其实就是“同一个错误不会犯第二次”。历史上的出场人物大都没有向历史学习。我们必须从历史中学习各种各样的经验。人们都说“蒙古人最伟大”，但在制度方面，其实大家都是一样的。我认为，不是制度上的不同，而是蒙古人的意识中没有“我们是蒙古人”“我国”这样的概念。他们认为自己统治的地方就是整个世界。后来我们将“塔塔尔治下的和平”赋予了各种各样的意义，如蒙古汗国或者“元朝”等，但是元朝人本身并不那么认为。元朝灭亡的时候也是悄然落幕的，令人感到索然无味，并没有发生我们所期待的那种大战。元末时期的军队正像元兴起时所采取的做法一样，“抵抗者全杀，投降者赦免”。也就是说，他们的做法是：敌人来了，赶快逃命。

蒙古族人从北方而来，在中原建立王朝，现在再回到北方去。这种情况与其说是灭亡，不如说是“北逃”“北走”更为恰当。此后，他们在北方又建立了自己的国家，历史学家把它称为“北元[1]”。

元朝人不太想用“灭亡”这个词，我认为那正是游牧民族的基本状态。从整体上来看，游牧民族有一个共通的规

1 北元（1368—1389）是蒙古族在蒙古草原建立的政权。1368年元惠宗迁都滦京，仍以“大元”为国号，因地处塞北，故称“北元”。

矩，虽然这种规矩远未达到规则、法律的程度，但只要遵守它，世界就是安全的。在即将迎来21世纪的今天，我想那样的世界是不是能实现呢？

Ⅲ 中国近代的苦恼

东西方文明的冲突——鸦片战争

——陈先生当初写作真正意义的历史小说时，选择了鸦片战争，并于1967年10月至11月向世人推出了3卷本《鸦片战争》。请问您为什么会选择鸦片战争呢?

我已记不起是什么时候开始考虑的了，实际上，我要写鸦片战争的想法早就存在。我坚信近代中国的一切都是从那时开始的，于是我在写作之前收集了大量有关鸦片战争的资料。另外，在日本世界史教育的课堂上，我也有过中国近现代史遭受轻视的切身体验。

鸦片战争是东西方之间的文明冲突，由于它的发生，我们东亚的近代史开始了。

在这场战争中，英国想要在中国确立自己的商权，即商品交易的权利。从英方来看，当时正是从中国大量进口茶叶的时期。茶叶是16世纪初由船员和海外传教士带到欧洲去的，从17世纪后半叶开始，喝茶的风俗在欧洲一般百姓中普及开来。特别是在英国，19世纪之后茶点时间已经固定为习俗，民众对茶叶的需求非常旺盛。因为当时阿萨姆邦（Assam）和锡兰（Ceylon）等地还没有栽种茶树，所以大量的茶叶由英国商人从中国广州运往英国伦敦。

所谓茶船，第一艘船与第二艘船相比，茶叶的价格是不同的，因此茶船之间会互相竞争。特别是在英国，竞争尤为激烈。人们在伦敦码头热切盼望着第一艘茶船的到来，其中也有很多看热闹的人，场面十分壮观。查阅当时的记录也有这样的记载：茶船的所有者即船主坐在船头，大声喊叫："我赢了！"这好比赛马主人骑在赛马上高呼一样。后来成为著名威士忌商标的"卡蒂萨克号"[1]商船就曾获得过几次冠军。

然而，英方却没有抵消这些茶叶价值的商品，因此中英贸易不断出现英方入超中方出超的局面，导致贸易出现不平衡。英方如果不向中方输出某些商品，贸易就不会平衡。但

1 "卡蒂萨克号"（Cutty Sark），又名"短衬衫号""克里斯蒂克号"等，是最后一批被建造的飞剪茶船之一，也是其中最快的。1870—1878年"卡蒂萨克号"往返于中国运送茶叶。

是中方却说我们什么都不需要，连毛纺织品也不喜欢，所以英方感到很困扰。就在这时，英方向中国兜售鸦片，结果中方大量购买。

起初，鸦片是作为药品进入中国的，特别是在台湾一带，它是作为治疗疟疾的特效药使用的。明万历十七年（1589）的关税表上曾有过规定：鸦片税率是每10斤白银2两，但当时的进口数量微乎其微。鸦片作为极易上瘾的麻药在中国蔓延开来是到了清朝之后。鸦片破坏人的中枢神经，可以使正常人变为“废人”。对此，清政府早有察觉，曾经多次发布禁令。嘉庆元年（1796）清政府将“阿片”一项从关税表中剔除。也就是说，禁止进口。后来，中国又在嘉庆四年（1799）禁止在国内种植罂粟。

但是，英方却极力宣传鸦片对人体的好处，声称“吸食鸦片，延年益寿”等，从而向中国输出了大量鸦片。据说鸦片能够使人暂时忘记世间的烦恼，或许民众生活困苦也是鸦片流行的原因之一，或许还有当时社会停滞、面向一般民众的娱乐极少的原因。总之，走私到中国的鸦片数量急剧增加。流入中国的鸦片到底有多少，并没有准确的数字。因为流入中国的鸦片是走私品，所以海关没有记录，但嘉庆年间（1796—1820）流入中国的鸦片开始增加，到了道光年间

（1821—1850），特别是鸦片战争时，中国由长年的出超国跌落为入超国。清政府面临白银大量流出这一动摇国家财政基础的严重局面，这就是所谓的“漏银”问题，直到此时，清政府才开始感到恐慌。

另外，当时的税制是银本位制，但实际上纳税所用的却是铜钱。在此之前，很长一段时间，规定1两白银的税金可用铜钱700文至800文来支付。但是，由于白银大量流出导致银价攀升，1两白银一直涨到1200文至1400文。对一般民众来说，这实际上大大增加了纳税额度。结果，民众的生活负担加重，因交不起税金而逃亡的人数不断增加，造成社会动荡不安。

林则徐的人生态度

——面对这一严重局面，清政府内部围绕禁烟问题出现了严禁和弛禁两派，双方观点激烈交锋，互不相让。

严禁是指即使动大手术也要制止鸦片的流入。而弛禁派认为，动手术恐怕会危及生命，要慢慢改革。在必须禁烟这一点上，两派的主张是一致的，只是方法上存在差异。

鸦片问题迫在眉睫，不能置之不理了，于是道光皇帝（1782—1850）向各地总督、巡抚（省长）询问对策。他想让最具良策的大臣负责处理鸦片问题，因此道光帝选中了时任湖广总督的林则徐（1785—1850）。林则徐主张严禁，他的办法是分阶段禁烟。他从武昌被召入京，在紫禁城谒见完道光皇帝后，随即被任命为钦差大臣赶赴广州。

林则徐到达广州后，马上没收了英国商人囤积的约两万箱鸦片，并在虎门销毁。但是，由此引发的纠纷却不断升级，1840年英国派军舰来到中国，第一次鸦片战争爆发了。

关于林则徐，我越研究越觉得他是一个了不起的人物。首先，他一到广东就让懂英文的人翻译外国书籍，尽管那时懂英文的人不太受重视。林则徐让人翻译的外国书籍是外国侨民的机关报，由传教士郭实腊（Karl Friedrich August Gützlaff）[1]和裨治文（Elijah Coleman Bridgman）[2]执笔的《中国丛报》（*The Chinese Repository*）和英国地理学家慕瑞所著的《世界地理大全》等。前者被林则徐题名为《澳门月报》，后者译为《四洲志》。

另外，美国医生伯驾[3]（Peter Parker）在广州经营一家医疗传道会。1839年7月记载的报告书上有一张写有林则徐名字的病历，挂号的号码是656号，病情写的是小肠疝气。实际

---

1 郭实腊（1803—1851），又译郭实立，德国基督教路德会牧师、汉学家、传教士、鸦片贩、间谍。创办《东西洋考每月统记传》期刊；随英军到定海、宁波、上海、镇江等地做翻译工作。

2 裨治文（1801—1861），来华第一位美国传教士。1832年，裨治文和马礼逊共同创办《中国丛报》月刊，介绍有关中国的知识。

3 伯驾（1804—1888），也译为巴驾、帕克，美国首位来华医疗传教士、广州博济医院创始人，1839年鸦片战争前夕曾为林则徐治疝气病，1844年担任美国特使助手，参与《望厦条约》谈判。

上，林则徐访问这家医院的用意不是治病而是另有打算。原来他是想请懂中文的伯驾翻译名为“Law of Nations”（《国际法》）这本书，作者是瑞士法学家滑达尔。林则徐阅读了该书主要内容的汉译本——《各国律例》，所以他是懂得国际公法的。

因此，我认为林则徐从一开始就知道与英国人交涉有可能会失败。

林则徐的亲友中有一位著名的诗人龚自珍（1792—1841）。他在林则徐逗留北京期间，只到林的住处访问过一次，却向林递交了一份写有自己禁烟意见的文章。在这篇题为《送钦差大臣侯官林公序》中，龚自珍提出了严厉的禁烟对策：“其食者宜缳首诛（绞杀人首）！贩者、造者宜刎脰诛！兵丁食宜刎脰诛！为绝阿片必重武力，宜勒限使夷人徙澳门，不许留一夷。留夷馆一所，为互市之栖止。”他甚至还建议：“仆夫左右亲近之人，皆大敌也。”也许他对这次林则徐赴广州感到不安，还进一步表示愿意南游以参与其事：您如果方便，我愿和您同赴广州，尽力帮助。虽死相随。

林则徐对这封信的答复是在赴广州的途中发出的，他在信中说：“至阁下有南游之意，弟非敢沮止旌旆之南，而事势有难言者。”（关于您来广州之事，我并非想阻止您，因形势有难言之处，我已托人让他向您说明。）

我推测林则徐是想说：“您跟我来也是败局，我不想把您也牵扯进来。因此，您好好活着，来做我失势之后的事情。”我认为除此之外没有他意。因此，林则徐从一开始就非常清楚，与英人交涉可能会失败。

——林则徐明知会失败，却不得不战。那么，他想守护的东西到底是什么呢？

我认为仍然是人心吧。他是想扭转当时已经彻底涣散的中国人心。他给了自己周围的人，比如自己的家人以相当大的影响。所以，林氏家族历经五六世而不衰，现在仍很活跃。

十几年前，我参加了由福建社会科学院举办的林则徐研讨会。林则徐出生于福建，而福建社会科学院的院长是一位叫林子东的女士，原来她是林则徐的嫡传五世孙女，是一位对外国情况非常熟悉的学者。抗日战争期间，她从燕京大学退学，作为随军记者参加了新四军，后来她又由新华社转到了社会科学院。

另外，还有一位是当时担任驻联合国大使的凌青先生。凌青不姓林，但这个名字是他青年时代改的化名，一直沿用至今。他也是林则徐的五世孙。凌青的父亲是林则徐第三子的曾孙，是“二战”前担任温哥华总领事的林轼桓。

仅就林则徐所产生的影响力来看，他也是一位相当了不起的人物。

——对日本的影响方面，林则徐好像也是一位非常重要的人物吧？

是的。刚才说过，林则徐到任广州后便着手收集外国资料，并命人将这些资料翻译成中文，他是通过那些翻译资料来研究外国情况的。因此，他非常清楚：“大清处于严峻的形势之下。”因英国派兵而陷于困境的清政府将林则徐革职。后来，林则徐在浙江任上又被流放到新疆。他在前往新疆的途中，会见了住在扬州的友人魏源（1794—1857），将《四洲志》等资料存放到那里，恳请魏源“据此，务必让国人了解外国情况”。后来，魏源撰写的书正是《海国图志》。

1850年，这部《海国图志》通过“唐船”（中国贸易船）传到了长崎，在日本被多次翻刻。昌平坂学问所[1]的翻刻本是1854年出版的，当时在日本能够买得起这部书的只有少数有钱人。因此，当时的有识之士特意到买书人家中，通过抄写或阅读来了解外国的情况。

这里有一段众所周知的佳话。据说平户藩家老[2]叶山高行拥有一部《海国图志》，吉田松阴[3]到平户来游学时，叶山高行容许他到家里阅读此书，吉田松阴很受感动，并且把该书抄写下来。

《海国图志》在中国出版，正是因为林则徐出于“必须把它传给民众”的危机感才得以实现的。因此，《海国图志》也才能传到日本。我觉得这部书反而在日本得到了更大的普及。

日本的上层社会对外国情况是了解的。荷兰商船每年

---

1 昌平坂学问所，亦称“昌平黉”，日本德川时代幕府直辖的儒学教育最高学府，是培养辅佐幕政的官吏和实务人才的教育机构。

2 家老，作为大名的重臣在幕府或藩中地位很高，仅次于幕府将军和藩主。一般有数人，采取合议制管理幕府和领地的政治、经济和军事活动。

3 吉田松阴（1830—1859），名矩方，字义卿，号松阴，通称寅太郎，阳明学派思想家，日本江户时代末期政治家、教育家、改革家，明治维新的精神领袖及理论奠基者。

来日本时，荷兰商馆馆长都会通过长崎奉行[1]向江户幕府提供《荷兰风说书》（关于世界各地局势的报告书）这种介绍外国情况的资料。《荷兰风说书》是用兰文，即荷兰语书写的，兰学[2]者将它翻译成日语，每年都向幕府提交。因此，翻译《荷兰风说书》的译者们当然能了解到外国情况。《荷兰风说书》上的内容不是什么机密，所以译者通过朋友口口相传，许多人也都知道了外国的情况。

因此，日本人觉醒得较早。比如，佩里[3]来日本这件事，几年前幕府就已经知道了。佩里不是突然来访的。好像人们都在传说佩里突然造访引发日本恐慌之类的故事，但实际上，在佩里来日本的两三年之前，荷兰就已经通知幕府说佩里要来，所以幕府每天都在研究怎样应对佩里的问题。

1　奉行，日本平安时代至江户时代的一种官职，在平安时代是担任司掌官廷仪式的临时职役，镰仓幕府以后逐渐成为掌理政务的常设职位，办公处所通称为“奉行所”，相当于中国的衙门。

2　兰学（Rangaku），指的是在江户时代由荷兰人传入日本的学术、文化、技术的总称，字面意思为荷兰学术（Dutch learning），引申可解释为西洋学术（简称洋学，Western learning）。

3　佩里（1794—1858），即马休·卡尔布莱斯·佩里。美国海军将领，因1853年率领黑船打开锁国时期的日本国门而闻名。1854年佩里再临日本，代表美国与日本签订《日美亲善条约》。

“听山中之民声”

——当时中国民众的生活处于什么状态？那些不得不依赖鸦片的人，他们的心情又是怎样的呢？

因为大清国不是汉族政权，所以当时的民众认为，虽然战争可能会失败，但失败的是大清，是满族人。所以大部分人的想法都是“失败了更好！”。

因此，在那个时代，少数的觉醒者曾经非常苦恼和纠结。我想有些觉醒者也有这样的想法吧——这是满族人的政府，趁早先把它推翻了再说。

——在您的大作《鸦片战争》中出现了一个词叫“衰世感”，请问这是什么意思呢？

只要看一看当时中国的情况，我们就会明白“衰世感”一词的含义。在当时的中国，人口成倍地增长，而耕地面积却增加不多。乾隆二十二年（1757）全国人口是1.9034亿（皇朝通典），而在70多年后的道光十年（1830），人口已成倍增加到3.9478亿。但是，耕地面积在其间却仅增长了18%。无论是谁都看得很清楚，在这种情况下民众还能够活得下去吗？这是“衰世感”的一种表现。

恰在这时，鸦片大量涌入中国。想依靠鸦片来驱除世间烦恼的人不断增加，因此整个社会越来越走向下坡了。

——从表面来看，《鸦片战争》是描写林则徐与反对派满族军机大臣穆彰阿之间所发生的故事。但从更大的层面上来看，民众本身才是《鸦片战争》中的大主题，是吗？

是的。即使是反对林则徐的人也没有说鸦片好，他们只是强调“那么急切地禁烟太危险了，是行不通的”。因此，虽然反对派中满族人占多数，但他们是出于“如果操之过急，满族人的政权就会丢掉”的危机感来反对林则徐的。

——在《鸦片战争》中出现了几位与林则徐通力合作的人物，如诗人龚自珍、行侠仗义的王举志及商人连维材等，对吧？

连维材是我塑造出来的虚构人物，他那样的商人在历史上是不会出现的，即使出现也微不足道。我并不认为当时的商人没有力量，相反他们具有很大的力量。然而，他们在历史上仅被一笔带过。我想应该为商人写点东西。

所谓商人，他们都有一个共性，那就是既能理解上方的意图，也能体会下层的想法。

——但是，在您的书里，连维材创办了家塾，这个家塾后来又变成飞鲸书院。他留下了飞鲸书院史这样的历史记录，还留下了几首诗。

不，连维材的诗是我作的，因为虚构人物的诗只能由作者来创作。

——在您的《鸦片战争》中有一句话是“听山中之民声”，请问是指民众的声音吗？

是的，是指山野村夫的声音。不是城市的声音，而是山村的声音，当时的中国几乎大部分人都是“山中之民”。

《鸦片战争》里的所谓“山中之民”来自于龚自珍《尊隐》这篇文章中的一段话。我也感到龚自珍说的“的确如此”。

在这一“日之将夕，悲风骤至”的衰世里，一片“灯烛无光，不闻余言，但闻鼾声，夜之漫漫，鹖旦不鸣”的景象，就在此时，“则山中之民，有大音声起，天地为之钟鼓，神人为之波涛矣。”

这段文字虽有些难懂，但却悲愤激昂，大概表达的是下面的意思吧：“虽然处于越来越趋向于倾覆的衰世，然而大家却鼾声如雷，熟睡如常。而在此时，‘山中之民’发出的洪亮声音却在天地和鬼神的助力下滚滚而来。”

实际的声音是“山中之民”发出的。也就是说，那是一种都市里听不到的声音。

有人说这篇文章预言了鸦片战争之后的太平天国运动以

及以后的农民革命。也许那是牵强附会，可能龚自珍本人也没有意识到他的思想会给下个时代带来某些光亮，他本身就是一个“发光体”啊！

近代化苦恼的开始

——这里的上海曾经是租界。

是的。鸦片战争之后，上海变成了租界。在此之前，总体上来说，上海是个充满乡土气息的小镇。虽然现在这里光鲜亮丽，但过去却是一个灰暗凝重的地方，特别是在近现代史中，上海更是埋藏着各种历史残骸。

另外，租界制度最初究竟是从什么时候开始的，目前还不清楚。

奥斯曼土耳其帝国的穆罕默德二世[1]于1453年攻陷君士坦丁堡，即现在的伊斯坦布尔时，那里的人口急剧减少。穆

1 穆罕默德二世（1432—1481），也被称为征服者穆罕默德，奥斯曼土耳其帝国第七代君主。1453年率军攻占君士坦丁堡，灭拜占庭帝国，并迁都于此，改称伊斯坦布尔。

罕默德二世为了恢复减半的人口采取了很多措施。首先，他将居住在属于奥斯曼土耳其帝国统治下的安纳托利亚（Anatolia）、巴尔干等地的土耳其人以及希腊人、亚美尼亚人、犹太人、保加利亚人、塞尔维亚人等强行迁入伊斯坦布尔。其次，为吸引外国商人来伊斯坦布尔居住，他鼓励商人："来吧！来吧！你们来了，我会给你们很多权利。"所谓"领事裁判权条约"（capitulations）制度就是稍后不久形成的，它是穆罕默德二世为了恢复人口而对外国人采取的优惠政策。

西亚各国为扩大通商和增加税收而向外商提供优惠的领事裁判权制度，当初只是一种招商政策。但是，到了19世纪，它却变成了列强强迫弱国实施的一种制度。鸦片战争之后，欧洲列强与中国缔结条约时，都强迫中国接受领事裁判权制度。

第一次鸦片战争结束后，中英《南京条约》于1842年8月29日在英军的旗舰——"康华丽号"上签订。根据条约规定，香港岛被迫割让给英国；广州、厦门、福州、宁波及上海5个港口作为通商口岸对外国开放。列强还通过第二年与中国签订的《五口通商章程》、《虎门条约》、《望厦条约》（美国）、《黄埔条约》（法国）等，获得了治外法权、开设租界等特权。此后，这些不平等条约致使中国人民长期陷入痛苦的泥潭中。

——鸦片战争，从上述意义来说，它既是中国近代化的开始，也是中国近代化苦恼的开始，对吗？

是的。上海这个地方诞生了租界，而这个租界是为外国人设立的。它位于上海最好的地方，并且是天下良港。

历史学家宫崎市定[1]先生曾提出“T字水路都市良港论”。该观点认为：有一条大河从中间穿过，旁边又有其他河流汇入的地方，即具备T字型地形的城市为天下良港。上海是黄埔江与苏州河在T字处交汇的地方。武汉也是这样，它有长江和汉江，二者形成T字型。另外，伊斯坦布尔也是如此，从博斯普鲁斯海峡至马尔马拉海的一条线与金角湾的弧线形成T字。这些港口都位于北纬30度至40度之

1 宫崎市定（1901—1995），日本东洋史学家，战后日本“京都学派”导师，对中国学的很多领域，包括社会结构、政治体制、经济形态、权力关系、政府组织等方面均有独到的研究。

间。因此，宫崎先生提出这些具有T字型水路的城市是天下良港。具有这种优势的上海，首先被外国人盯上了，他们先是吐上一口吐沫，然后说：“这是我的！”

——在说到近代化的时候，人们还是经常说日本和中国各自走上了不同的道路，在这方面您是怎么看的呢？

第一，刚才已经说过，当时对于大部分汉族人来说，清政府并不是自己的政府，而日本人则认同自己的国家。在这一点上，二者存在着最大的不同，我认为这是两国的根本区别。

第二，日本容易整合，而中国地域广阔，相互之间连打招呼都不易做到。因此，举国一致的这种体制无论如何都难以形成。

除此之外，就是中国人具有保守思想。日本人可以马上接受外来文明，而中国人对待外来事物，只看一眼就会说“这个东西，5000年前我们这儿就已经有了”，马上会冒出保守思想。这种妄自尊大的想法是行不通的。中国现在也在不断地批判这种想法。我认为中国人脑海里的保守思想是一个大问题。

——从日本的角度来看，瞧！鸦片战争这种事就发生在邻国大清！战争的结果可能也使日本维新志士感受到了西方列强的巨大威胁。总之，鸦片战争促使日本维新派改变了原有的想法，对吧？

我想大概是这样的。吉田松阴等人也想过偷渡，但是没有成功。我认为日本的维新派从鸦片战争中受到很多启发。那就是，如果不了解世界局势便鲁莽行事，肯定会吃大亏的。

中国人也曾有过偷渡外国的情况发生。因为有一部分人虽然对外国情况有所了解，但他们并不向自己圈子之外的人透漏。那时，中国确有所谓“不被允许到国外去”的人成功地去了国外，但实际上，这些人变成了逃犯，他们是通过黑社会组织来到国外的。比如洪门（天地会）之类的组织，在婆罗洲[1]成立了兰芳公司[2]。这家公司表面上起了类似商社的名称，但实际上却是独立王国一样的组织。该公司在当地开设金矿，招收了几十万中国人。从18世纪末期开始，该公司延续了100年左右。后来，兰芳公司由于势力衰落而被荷兰人吞并了。但这也说明，当时中国确实发生过偷渡国外的现象。一些对国家感到失望的人，从那个时代起就已经开始走向国外了，只是他们没有形成强大的力量。

——在被称为“迷茫时代”的现在，您重新回顾鸦片战争，又有什么感想呢？

当时（鸦片战争时）的实际情况是大家都在吸食鸦片，国家处在明知那是违法却不能对此进行处罚的状态。人们都知道国家不成体统，但是谁也无能为力。我想当时无论是谁

1　婆罗洲，即加里曼丹岛（Kalimantan Island），世界第三大岛。属于热带雨林气候，植被繁茂。该岛属于印度尼西亚、马来西亚和文莱，中国史籍称为“婆利”“勃泥”“渤泥”“婆罗”等。

2　兰芳公司，印度尼西亚西加里曼丹华侨建立的金矿开发公司，1777 年由罗芳伯联合坤甸(Pontianak)的三星、山心、老埔头及新埔头 4 家公司组成，总部设在曼多尔（又译东万律），1888 年被荷兰殖民军彻底消灭。

都知道这个国家快要灭亡了。

连住在广东乡下的孙中山等人，从小就在说大清朝快要完了。可见，国家所面临的形势有多么严峻。

太平天国的平等思想

——陈先生，您继《鸦片战争》之后，又在《太平天国》（全5卷，1982年出版）中，描写了太平天国的世界，请您谈一下这方面的情况。

1850年，一群理想主义者聚集在广西金田村发动起义，其结果非常悲惨。开始的时候，太平天国是一个基于信仰而建立起来的极具禁欲主义色彩的集团。后来它在发展壮大的过程中，特别是在1853年占领南京并将南京改称为“天京”之后，其内部却出现了派系争斗。

原本太平天国是一个以洪秀全（1814—1864）为中心建立起来的具有基督教性质的集团。洪秀全说自己是基督的弟弟，耶和华是天父，基督是天兄。后来洪秀全开始自称天王。

太平天国高举的理想旗帜是耶和华，他们认为耶和华是世界之王，人们从耶和华那里得到土地，而他们的基本追求就是对土地的平均分配。这种平等思想，从远古神话时代起就已存在，但平等却没有实现过。他们所做的事情好像幻梦一般。

——中国原来就有那种平等思想吗？

有过。比如“耕者有其田”的思想。据说古代的圣王时代大家都是公平的。田分九处，其中八处各自耕种，一处公田大家一起耕种。这就是公的思想。公的思想逐渐消失，在私有财产制下，公田制瓦解了。我认为瓦解是必然的。

因此，洪秀全等人所坚持的理想虽然很伟大，却不可能实现。因为无论是谁看，那些理想都是不可能实现的东西。

——太平天国运动历经十二三年之久，后来它被曾国藩（1811—1872）等人镇压下去了，事实上它是怎样走向毁灭的呢？

是由内讧而引起的自我毁灭。称天王的是洪秀全，除此之外，还有东、西、南、北四王及翼王，共有5个王。争斗正是在他们中间展开的。他们彼此猜忌，互相残杀。在这种形势下，太平天国已是日薄西山，摇摇欲坠了。互相厮杀的太平军彼此并非有什么深仇大恨，他们只不过分属于不同的王统辖而已，就像士兵排队时，从这儿开始是东王的部下，从那儿开始是北王的部下一样。然而，他们却像仇敌一样互相厮杀，只因头领们在争斗，这种争斗实在是愚蠢至极。

——太平天国的平等思想与封王的这种现实之间，是不是有些互相矛盾呀？

不可能不矛盾。太平军在土地政策以及其他方面主张平等，他们也的确实行了一些符合其理想的措施，比如提高女性地位等。但是，在进入天京之后，太平军却创设出更为复杂的阶级称呼，背叛了最初所秉持的理想。他们口头上宣传的是平等思想，行为上遵循的却是阶级思想，那是一种非常不幸的状况。大家都想当皇帝，特别是稍微聪明一点的人，争先恐后，跃跃欲试，最后导致局面无法收拾。

我经常想，他们为什么会突然那样做呢？我认为，那时情况已到了无法再容忍下去的地步了。如果保持原有格局不变，就只能坐以待毙。大概他们想要改变点什么才不得不那样做的吧，那是一种再也无法忍受下去的情绪。

真是令人痛心！特别是太平天国的宗旨，它所秉承的是大家都是兄弟的思想。根据这种思想大家都是耶和华的孩子，但孩子们却互相争斗。太平天国的这段历史是悲惨的历史。

通往孙中山的地下水脉

——**太平天国的思想，后来也在许多方面被继承下来了吗？**

孙中山等人就是听着太平天国的故事长大的。他从小时候开始，就一直听大人们说："在我们的同胞中，有那样一群人。虽然他们失败了，但是却做出了惊天动地的大事。"这件事就写在孙中山的自传里。

人们都说客家人是"从北方来的汉族人"。他们从北方而来，意味着反抗过政府，所以我认为客家人可能是遭受政府通缉而来到南方的。客家人大都进取心强。在女人普遍缠足的时代，客家女子都不缠足是因为她们出身于贫苦家庭，女子也必须参加劳动的缘故。由于客家人来自外地，不能到条件好的地方去生活，只能在贫瘠的土地上耕作，所以他们工作比别人更努力。客家人勤奋而又有很强的进取心，这在中国人中也是极为突出的。贫穷而优秀，不努力就不能出人头地，这些特点使客家人特别热衷教育。

——刚才所提到的孙中山，在1911年最终通过辛亥革命推翻了清朝。这其中是否也包含着许多人，例如太平天国人的意愿？

当然包含。我认为辛亥革命中也有很多太平天国的成员。我在小说里描写了其中一部分太平天国余党逃到国外去的情况（《天球飞翔》上、下册，2000年出版），而历史上确实有过那样一些人。太平天国运动失败后，有一些人逃往国外，国外的许多地方都流传着他们的故事。

太平天国秉持的理想曾像地下水脉一样四处流淌。孙中山本身也知道洪秀全的故事，那些故事也许是从父母那里听到的。洪秀全是广东花县人，距孙中山出生的香山县（现在的中山县）很近。并且，那个地方以前就是一个船舶可以自由航行的地方，所以有什么消息可以马上传播过来。

——孙中山认为太平天国运动失败的原因是什么?

孙中山和我们的想法是一样的。也就是说，他也认为太平天国的失败在于内讧。因此，他在领导国民党时，经常为避免内讧而伤神费心。为了尽量避免内部纷争，他殚精竭虑，甚至到了令人可怜的程度。比如，他为了避免内讧，尽可能地向袁世凯（1859—1916）和北洋军阀做出了让步。

怎样平息内讧

——提到孙中山，就会想到三民主义，即民族主义、民权主义和民生主义。对于他的思想，您是怎样认识的呢？

那是理想主义啊！读了孙中山关于三民主义的讲演，就会很清楚。那是孙中山在1924年成立的黄埔军校上所做的讲演。现在所发行的标题为《三民主义》的这本书就是以那次讲演为基础编辑而成的著作。我读这本书时，感觉孙中山的观点有些“幼稚可笑”。明明是“不可能实现的事”，孙中山却极力主张。因此，孙中山是一个伟大的人，也就是说伟人要不怕失败地做那些“幼稚可笑”的事。一个革命家，如果没有过人之处那是绝对不行的！如果不是那样，他就不会成为革命家了。

——孙中山到底是一个什么样的人呢？

12岁的时候，孙中山被外出经商成功的长兄带到檀香山，在当地的教会学校接受了西式教育。1894年，他在檀香山成立了革命的秘密组织——“兴中会”。我到过与孙中山有着很深渊源的檀香山，那里还生活着与孙中山有过交往的那一代华侨的后代。现在他们已是那一代华侨的第五代或第六代子孙了。我查看了他们手上保存的资料，发现当时的华侨既有极力支持孙中山的，也有反对孙中山的。那时的檀香山设有清政府的领事馆，所以一旦有某个华侨接近孙中山，他的国内亲属就会被清政府盯上。因此，据说在支持孙中山的华侨中，有人虽然把钱交给了孙中山，但也会把收据烧掉。我就遇见过这样一个人。他说：“家里曾有很多（交给孙中山钱的）收据，但都烧掉了。”

但是，华侨中也有反对孙中山的人。那时，主张君主立宪制的保皇派势力非常强大，作为革命党派的孙中山反对保皇派的主张。孙中山在保皇派势力强大的檀香山，进行了顽强的斗争，所以他很伟大。

——孙中山在演说和文章中，经常引用太平天国的例子吗？

经常引用，但他对太平天国的评价负面内容居多，吸取教训的语气较为强烈。比如，他常说“因为太平天国那么做了，所以才失败”，等等。但他强调太平天国的精神是值得肯定的。

总之，发生内讧或出现内部纷争还是因为人的“私心”在作怪，也就是说有些人没有“公心”。因为现实世界就是那么现实，若说没有办法改变，那也真的没有办法。

——孙中山是在辛亥革命中崛起的，但我们看他本人后来所走的道路就会发现，他的道路与他的同志未必相同。是吧？

与他一起起事的伙伴，都有各自的想法。大家想法不同，却没有把这些想法完全统一起来。因为大家都很年轻，靠孙中山是不可能把大家的思想统一在一起的。

1911年10月10日武昌起义之后，孙中山从美国回到中国。虽然他在南京一度就任了中华民国临时大总统的职位，但是在与清政府最后一任总理大臣袁世凯进行电报会谈时，他又将临时大总统的位置让给了袁世凯。孙中山是非常现实的，他对地位看得很淡。他认为，现在要想使共和制的中国得到外国政府承认，并避免南方革命派与北方袁世凯派系的军队之间发生南北战争，只能把大总统的位置让与袁世凯。所以，孙中山做出了让步。也许他的脑海里一直在考虑怎样才能避免太平天国那样的内讧吧。也就是说，他经常思考的问题是如何制止内讧。

广州有一个叫陈炯明（1878—1933）的也参加了孙中山领导的护法运动。但是，当陈炯明在广东确立了自己的军事统治地位之后，就于1922年6月背叛了孙中山。总之，根源还在于争夺势力。

陈炯明这类人，说到底就是因为头脑里有帝王思想，也就是他自己想当皇帝。

广东有一座太平天国领袖洪秀全的坟墓，刚刚遭到发掘。肯定是有人以为那里是皇帝墓，便把那里挖了。从风水上来说，那里是极好的位置。据说陈炯明也想自己死后被埋在那里，所以他就把那块地买了下来。由此可见，陈炯明有帝王思想。

所以，孙中山所统领的就是这样一群拥有各种不同思想的同志。

孙中山留给日本人的作业

——1925年孙中山留下“革命尚未成功”的遗言后与世长辞。在其去世的前一年，他从上海来到了日本，是吧。

孙中山要从上海到北京去。他说，他不乘坐英国轮船，因为英国一直在妨碍他的革命事业，所以他要乘坐日本轮船。因为日本轮船没有从上海直达北京的航班，所以他先停靠在日本，在日本各地转了一圈之后去了天津。

当时，他在神户县立女子学校做了一场题为“大亚细亚主义”的讲演，给日本人留下一份作业后离开了。他在讲演中问道：“你们日本民族既得到了欧美的霸道的文化，又有亚洲王道文化的本质，从今以后对于世界文化的前途，究竟是做西方霸道的鹰犬，或是东方王道的干城，就在你们日本国民去详审慎择。”这就是他留给日本人的作业。也就是说，日本是要尾随西方列强一同侵略像中国这样贫弱的亚洲国家，还是要成为贫弱的亚洲各国的同伴，即日本人究竟是选择霸道还是选择王道的问题。当时，孙中山的身体已经受到癌症的威胁，最终这些话成了他的遗言。

那一年正好我在神户出生。我总觉得冥冥之中自己与孙中山有一种莫名其妙的缘分。

我认为当时日本认真思考这个问题的人应该不少，但是，大多数日本人受时局的影响，随波逐流了。这个问题直到现在仍然是一个有待解答的课题。虽然现在局势已经发生了变化，但是我觉得基本情况还是一样的。

——孙中山喜欢日本吗？

我认为他是喜欢的。他来过日本好几次，日本人也帮助过他。那些人主要是日本的在野人士，比如宫崎滔天[1]，等等。

---

1 宫崎滔天（1871—1922），本名宫崎寅藏，籍贯簿上则书虎藏，号腾空庵白寅，明治二十八年前后改别号为白浪庵滔天。毕生支持中国革命事业，是日本“大陆浪人”中少见的“异类”。

——现在我们要认真看待中国历史，对此您是怎样认识的呢？

在历史的长河中，发生过许多事情，不过中国的近代史，却大都是由失败构成的，那是一段屡战屡败的历史，我认为有许多经验和教训应该总结和汲取。那段历史中也有过几件成功的事例，但更多的还是失败。因此，我们接下来要做的就是汲取失败的教训。至于要学到什么程度，那是接下来要探讨的问题了。

比如，鸦片战争爆发后，香港岛被迫割让。1997年7月香港回归中国；1999年12月，澳门也回归中国。值得注意的是，二者的回归在意义上是有区别的。我们应该从不同的历史事件中，学习不同的经验。

——陈先生的小说中有各种各样的出场人物，我感觉他们每一个人都是主人公，同时他们又都不是主人公，时代本身才是主人公。对吧？

是的。时代本身才是主人公。比如，我在《鸦片战争》中写的就是鸦片战争的那个时代。

一般历史书写的都是某些伟大人物的故事，没有体现民众的声音，所以，我想那种声音就由我来传达吧。

结语——作为地球人

——聆听了陈先生关于中国历史的故事，无论是三国时代魏国的曹操，还是蒙古汗国时代的耶律楚材，以及近代鸦片战争时期的林则徐，他们都具有理性主义的精神，您喜欢这些人物吗？

当然喜欢。我特别不喜欢神灵附体般的人物。孩提时代，我的周围确实有过那种氛围。我不太相信有神灵附体般的人物，从来没有信过。

我认为这是观察世界所必需的一种精神。

——另外，在这次访谈中您还告诉我们另外一种东西，那就是中国始终贯穿着一种大同精神，这种精神或许可以称之为思想，或者是理想吧。

是吗？尽管这种理想我直到现在还没弄清楚。

游牧民的生活场所决定了他们不可能把几万只羊聚集在一个地方饲养，所以他们的生产单位很小，并且较为分散。但是，他们的活动空间很大。因此，所谓政治形势也是从小处和大处这两方面着眼的。

——中国有一种大一统的思想，虽然大家的心中也都怀有这样一种理想，却因内讧和纷争而导致国土分崩离析。而这种情况又往往多次重复，是吗？

是的。因为多次出现国土分崩离析的情况，所以人们必须从历史中吸取教训。但是，无论说过多少遍，人们就是不好好接受教训，我希望人们能够认真吸取教训。

并且，如果不改变每个人的心态，情况仍然令人担忧。否则，情况不仅永远不会变化，某些方面还会变坏。

比如，在19世纪之前的奥斯曼土耳其帝国，大家一直都能友好和睦地生活在一起。其中，伊斯坦布尔的米勒特制度（millet）发挥了很好的作用。所谓米勒特制度是指一种自治体，它是居于征服或统治地位的王朝允许帝国内部的不同民族、不同宗教以及不同风俗习惯的人保持原有生活方式并承认其自治的一种制度。

前面已经说过，1453年穆罕默德二世攻陷了拜占庭帝国[1]的首都君士坦丁堡，将其改称为伊斯坦布尔，并把它作为奥斯曼土耳其的首都。穆罕默德二世为了复兴伊斯坦布尔，决定将居住在安纳托尼亚、巴尔干等地，隶属土耳其管辖的富裕的土耳其人、希腊人、亚美尼亚人、犹太人、保加利亚人、塞尔维亚人等强行地迁到伊斯坦布尔。但是，他们的宗教与希腊正教[2]、亚美尼亚教[3]、犹太教[4]不同。由于宗教原因而产生的纠纷很多，因此奥斯曼土耳其政府容许各自的宗教派别自治。各个教派有各自的代表者，他们负责处理各自教派内部的纠纷及交纳租税，甚至各自拥有独立的法律与

1　拜占庭帝国（395—1453）即东罗马帝国，拜占庭又称新罗马，帝国核心位于君士坦丁堡和欧洲东南部的巴尔干半岛，是欧洲最悠久的君主制国家。

2　希腊正教，东罗马拜占庭帝国灭亡、国家教会东罗马正教会解散后，依拜占庭所在希腊人地区发展起来的独立正教会之一。

3　亚美尼亚教，由格列高利最早建立并传教，是一个独立基督教会，信奉单一属性说，独立于基督教主流派之外。公元 301 年，亚美尼亚王特拉达三世定基督教为国教，使得亚美尼亚成为世界上第一个基督教国家。

4　犹太教，世界三大一神信仰中最古老的宗教，也是犹太民族的生活方式及信仰，信奉的是耶和华神。

法庭。

在伊斯坦布尔，所有民族都受惠于这种米勒特制度，各族民众一直坚守着固有的风俗和信仰，和平地生活在一起，呈现出一种分栖共存生态[1]。这和元代的中国基本相同。民众在交完税金后实行自治，在和平的环境下生活了几百年。但是，由于米勒特制度的瓦解，国家权力迅速扩张，最终形成了今天这种可怜的局面。

大约在20世纪初，土耳其共和国建立之后局势就开始不正常了。据说土耳其国民为了追求"纯粹的土耳其"而把希腊人赶走了。由于这种情况几百年间都不曾发生过，所以，进入20世纪之后局势彻底恶化了。首先必须对这种情况加以纠正，民族国家这种东西一出现，局势就变坏了。现在，科索沃、东帝汶等地都爆发了民族纠纷和民族净化运动，真是令人感到可悲！这种情况很不幸，但我认为这可能是大变化到来之前出现的一种现象。希望这种情况今后朝着好的方向转变。在民族纠纷发生的过程中，大国往往以人道主义的名义进行干涉。然而，民族纠纷还是让当事人自己解决为好，

1　日本生物学家今西锦司（1902—1992）提出的概念，指两种近缘的生物物种虽不在同一区域内分布，但相邻而居，合理分享栖息场所而共生共存的状态。

我想这恐怕是历史的教训吧。

总之，从总体上看，以前的世界是和平的，自从民族国家诞生之后，暴恐事件接踵而至。20世纪不是在进步而是在退步。我认为从某种意义上来说，米勒特精神才是人类的救星。

——那么，面向21世纪，我们从您讲述的悠久中国历史中，首先学习什么呢？

看到今天的状况，比如信息广泛而迅速地传播等，我才有了希望。

由于信息社会的发展，今后的发展速度将会是过去的10倍，因此我充满希望。

信息不断地在提速，拿日本来说，整个明治时代大概相当于今后5年的时间长度。令人可怕的同时也令人期待。因此，我认为人不发生变化是不行的。所以，我祈祷人心发生变化，如果没有纷争的时代到来，那该多么美好啊。小的争端无妨大碍，互相小打小闹也不伤大雅，但是我希望不要发生较大的纷争。

由于信息发达和交通提速，在将来的世界里，人们可能

会改变看法，会觉得相互争斗无聊至极。我期待那一天的到来。虽然现在这种希望还是梦想，但是我似乎看到了希望的萌芽，它绝对不是没有任何根据的幻想。

归根结底，我们只有相信人类。因此，也只有人类才不会是特殊的存在。我希望将来的世界能够成为人类与鸟兽等所有生物和谐共生的世界。因此，我希望世界人的这种说法，或地球人的这种说法能够变成更加普遍的说法。虽然现在人们不怎么提地球人了，但我希望人类和人类以外的其他生物一起和谐共生下去。

后　记

1999年5月，我与NHK电视台的工作人员一同飞往上海，在那里我接受了古屋和雄[1]先生的采访，并和他谈论了我的工作及其相关的一些话题，这次访谈构成了本书的主要内容。当时言犹未尽之处，我只做了适当的补充，也是有意不偏离在上海的谈话内容。

在日本，如果提到“中国的东西”，最受欢迎的应该就是三国故事了。自从吉川英治的《三国志》问世之后，许多小说、漫画、戏剧甚至是木偶剧都开始从中取材进行创作。而早在元禄时代[2]，《三国演义》的日文译本——《通

1　古屋和雄，毕业于早稻田大学政治经济学部，原NHK电视台播音员，现为文化外国语专门学校校长，文化学园大学教授。

2　元禄时代，即1688年至1703年，第五代将军德川纲吉统治（1680－1709）时期。

俗三国志》就已经出现，之后以其为蓝本的故事更是不可胜数。

正因如此，三国时期的真实情形恐怕早已被隐没了。我无意否定罗贯中的《三国演义》，只不过它的影响力实在太强，所以对于三国时期真相的研究，在中国也十分盛行。很久以前，我在台湾还遇到过关于三国时代的研究论文大赛。

关于那个时代，我也写过三部长篇作品，分别是《秘本三国志》、《诸葛孔明》和《曹操》。我们在上海讨论了这些作品，这次采访也是对这些作品的解读。不过《曹操》有“曹魏一族”这个副标题，是因为我还有意再出续篇。

其次，我还著有涉及蒙古汗国的作品，像《成吉思汗一族》和《耶律楚材》。与古屋先生的谈话中也谈到了这个世界帝国。我认为，游牧民族的精神结构和生活方式，对20世纪的人而言，仍有一定的参考价值。

说到世界帝国，蒙古之前有罗马，之后有海上帝国——英国。但就在蒙古汗国形成之前，辽国（契丹）离成为世界帝国仅一步之遥。辽国被女真族政权——金从东面驱逐后成

为西辽，而后又被塞尔柱帝国[1]统治。辽的失败也源于王权内部的混乱，这也向我们展示了内乱的残酷。

在上海时，幸而天公作美，我们才得以心情愉悦地工作。只是因为当地工作人员的疏漏，声音出现了一些问题，为了调试，我们等待了很久。由于推迟太久会影响摄像采光，所以负责摄像的工作人员似乎很慌张。那段时间，我们在宋庆龄最喜爱的庭院中，度过了一段悠闲的时光。

上海曾经作为公共租借区和法国租借区，一度被称为“陆地上的孤岛”。1941年12月8日，日本侵占了上海。当时上海也进行了公开的抗日活动。当地发行的杂志会刊载抗日论文和文艺作品，它们被称为“孤岛文学[2]”。至今，“孤岛文学”仍以其在中国文学史上的独特风格，成为研究的对象。

就这样，上海成了一座特殊的城市，并在近代中国以各种形象登场。究其根源，是因为鸦片战争。被称为“外滩”

1　塞尔柱帝国（1037—1194）是11世纪塞尔柱突厥人在中亚、西亚建立的伊斯兰帝国，亦称塞尔柱王朝。帝国极盛时领有伊朗、伊拉克、高加索、小亚细亚大部及叙利亚（包括巴勒斯坦）等地。

2　孤岛指1937年11月至1942年12月被沦陷区包围的上海租界。1937年上海沦陷后，一部分文艺工作者利用上海租界的特殊环境，坚持抗日文学活动，至1941年珍珠港事变日军侵入租界止，历时4年1个月，称之为“孤岛文学”。

的滨海大道上，曾聚集着汇丰银行、怡和集团、沙逊洋行等企业。

1932年的“一·二八事变”，战事十分惨烈，中国付出了惨痛的代价，战争导致大量市民伤亡。其间，藏有50多万册珍贵书籍的商务印书馆书库也被烧毁。

70年前的战火痕迹，如今已荡然无存。现在的黄浦江上，仍有小船穿行，但即使与两年前我来到上海时相比，纵观沿江两岸，特别是浦东区一侧，早已是高楼林立，连两年前的景象都已全然不见。如此巨大的变化让我倍感震惊，再过两年，上海必定还会有更大的变化。

由于对鸦片战争负有责任，林则徐被流放新疆。面对延绵的中俄国境线和俄国的态势，他倍感震惊。于是，他得出了这样的结论——祸中国之未来者，并非自己在广州对抗的英国，而是与中国接壤的俄国。跟林则徐意见相同的人被称为“塞防派”，他们主张联合英国和美国，对抗主要敌人——俄国。

继承“塞防派”林则徐衣钵的是左宗棠、沈葆桢等人。林则徐在新疆搜集的俄国资料，在长沙转交给了左宗棠。

与之相反的是“海防派”，他们认为中国的主要敌人是英美，因此应该联合俄国。“海防派”的领袖正是创建北洋水师的李鸿章。

在上海的杂谈中，以上话题并未出现，我在这里顺便略提一二。

第一次鸦片战争之后，太平天国运动爆发。关于这一段历史，正因为并不久远，所以史料多得不计其数。有些作者按照自己的主张篡改史料，甚至是捏造史料。所幸对太平天国史料的批判也很多，通过罗尔纲、简又文等硕学鸿儒的研究，我们可以更容易理解那段历史了。

清朝灭亡后，有过多次太平天国研究热潮，其史料之多，远胜于对鸦片战争的研究。

上海不是被太平天国占领的，而是被另外一个非法组织——小刀会占领的。据说小刀会与太平天国不合，其成员大多是水手，而且公开吸食鸦片。

上海被称为“魔都[1]”，其黑社会色彩之所以无法彻底消除，或许与小刀会曾经治理过这里有关。

今后的上海，作为亚洲的金融中心，必将成为信息时代的龙头城市。两年或5年后的上海令人期待。我也期待有朝一

1　魔都，是20世纪二三十年代上海的别称之一，是当时日本人对上海的一种习惯称呼。20世纪初旅居上海的日本作家村松梢风写有畅销小说《魔都》，他大概是第一个把上海称为“魔都”的人。

日可以再次回到这里，继续讲述之后的故事。

古屋和雄等NHK电视台的工作人员对笨嘴拙舌的我给予了正确的引导，长冈信孝、小川真理生等日本放送出版协会的工作人员则对本书的出版付出了辛勤的努力。在此，对诸位致以由衷的感谢。

2000年

陈舜臣

参考作品

《鸦片战争》（上：沧海篇，中：风云篇，下：天涯篇），讲谈社，1967

《鸦片战争实录》，中央公论社，1971

《日本式中国式》，德间书店，1972

《秘本三国志》（一—六），文艺春秋，1974—1977

《敦煌之旅》，平凡社，1976

《小说十八史略》（①—⑥），每日新闻社，1977—1983

《对谈　对中国的思考》（与司马辽太郎合著），文艺春秋，1978

《小说马可·波罗中国冒险故事》，文艺春秋，1979

《丝绸之路之旅》，平凡社，1980

《中国历史五　动乱的群像》，平凡社，1981

《中国历史九　草原刮来的疾风》，平凡社，1982

《中国历史十三　斜阳和黎明》，平凡社，1983

《英雄长在》，讲谈社，1983

《中国五千年》（上、下），平凡社，1983

《丝绸之路游历》，日本放送出版协会，1985

《中国奇人传》，新潮社，1987

《中国诗人传》，讲谈社，1988

《含笑花之木》，二玄社，1989

《诸葛孔明》（上、下），中央公论社，1991

《中国俊杰传》，中央公论社，1991

《伊斯坦布尔　世界都市物语》，文艺春秋，1992

《纸张之路（纸路）》，读卖新闻社，1994

《耶律楚材　上　草原之梦》，集英社，1994

《耶律楚材　下　无弦之曲》，集英社，1994

《雨过天青》，尚文社，1994

《随缘护花》，尚文社，1995

《三国志和中国》，文春文库，文艺春秋，1995

《成吉思汗一族》（一—四），朝日新闻社，1997

《曹操——曹魏一族》（上、下），中央公论社，1998

《万邦宾客》，集英社，1999

《突破口之三国史》（与金荣云合著），德间书店，1999

《天球飞翔》（上、下），每日新闻社，2000

《时代之风》："支撑大帝国的语言才能　也成为面向多民族社会化的基础"，《每日新闻》，1998.2.22

《陈舜臣先生"在文学之声的引导下，编织曹操的故事"》，《朝日新闻》，1998.3.25晚刊

《时代之风》："寻访孙文的足迹，于夏威夷所学到的自由平等"，《每日新闻》，1998.7.12

《听〈曹操〉的作者陈舜臣谈〈从家族角度聚焦"冷血英雄"的真容〉》，《读卖新闻》，1998.12.5晚刊

《作家陈舜臣先生编织中国史的坚强意志》，《日本经济新闻》，1999.5.23

《陈舜臣讲述中国、讲述历史》，《周刊读书人》，1999.5.28

与本书相关的作者作品目录
（按作品内容涉及的中国历史年代顺序）

夏·殷·周（春秋战国）	自公元前2050年	《中国发掘物语》 1984年6月12日　平凡社→讲谈社文库 从不断被发掘的中国地下传来的历史回声。 《中国发掘物语（续）》 1984年6月25日　平凡社→讲谈社文库 破解历史之谜，又增新的疑问——地下世界物语。
秦·汉	自公元前221年	《秦始皇》 1995年6月22日　　日本尚文社 展现了从统一中国的秦始皇之出生直到秦朝灭亡的那段历史。 《史记》 1997年1月30日　朝日新闻社→朝日文库 通俗而又富有情趣，讲述历史学家司马迁的《史记》。（书名改为：《趣谈史记》）

魏晋南北朝·晋·三国时代	自220年	《秘本三国志》（一—六） 1974年12月—1974年6月 文艺春秋→文春文库 刘备、曹操、孙权等梦想称霸天下的枭雄、谋士登场亮相的战国连续剧。 《曹操——曹魏一族》（上、下） 1998年11月10日 中央公论社 以冷峻的理性主义和卓越的用人之道而争霸天下的乱世英雄——曹操之生涯及三国志里的世界。 《诸葛孔明》（上、下） 1991年3月15日 中央公论社→中央公论社 以透彻的史眼，雄浑的笔触复活三国里的英雄，展现诸葛孔明的新魅力。 《三国志与中国》 1995年9月10日 文春文库 陈舜臣与熟悉中国的人们畅谈《三国志》的魅力。

隋·唐·五代十国	自581年	《唐诗新选》 1989年1月25日 新潮社→ 新潮文库 不仅介绍名诗，而且还发掘出意想不到的诗及无名氏诗作。 《通往天竺之路》 1986年5月30日　朝日文库 翻阅史书，探访足迹——追思三藏法师玄奘的求法生涯。 《三藏法师之路 丝绸之路纪行》 1980年4月8日 平凡社 三藏法师所走过的丝绸之路纪行。（收录于《长安之梦》） 《长安日记——贺望东探案集》 1973年2月15日 每日新闻社→中公文库 玄宗皇帝治下，长安发生系列杀人案。破案过程中，神秘人物日本人贺望东推理清晰，展现出过人的才华。 《曼陀罗人 空海求法传》（上、下） 1984年1月30日　TBS（东京广播公司）大英百科全书→集英社文库 描写空海大师求法历程的历史小说，再现空海入唐、继承密教的灌顶（即身成佛），再回到日本的过程。 《长安之梦》 1985年11月20日 平凡社→讲谈社文库 唐代的长安与罗马同为世界最大的都市，作品突显当时长安的辉煌。 《唐代传奇》 1974年5月30日　朝日新闻社→朝日文库（改名为：《物语唐代传奇》） 从唐代创作的悲剧、话剧、奇闻异事中精选出来的传奇故事。

北宋·南宋	自960年	《水浒传》（上、下） 1979年3—4月 朝日新闻社→朝日文库 （改名为：《物语水浒传》） 由梁山泊108位豪杰的血泪和汗水编织起来的宏大故事。
元	自1271年	《成吉思汗一族（一）草原的霸主》 1997年5月5日 朝日新闻社→集英文库 《成吉思汗一族（二）征服中原》 1997年8月1日 朝日新闻社→集英文库 《成吉思汗一族（三）沧海之路》 1997年10月1日 朝日新闻社→集英文库 《成吉思汗一族（四）斜阳万里》 1997年10月1日 朝日新闻社→集英文库 描写大蒙古崛起，建立世界帝国的宏大叙事史诗。 《耶律楚材》（上：草原之梦，下：无弦之曲） 1994年5月25日 集英社→集英文库 以契丹人身份成为霸主成吉思汗著名宰相的耶律楚材之人生轨迹。 《小说马可·波罗中国冒险故事》 1979年2月25日 文艺春秋→文春文库 以元朝为舞台，生动讲述忽必烈的秘密及马可·波罗的冒险。

明	自1368年	《珊瑚之枕》（上：风云少林寺，下：幻梦秘宝传） 1982年2月5日 新潮社→新潮文库 将少林寺拳法传入日本的陈元赟所走过的波澜壮阔的人生。 《新西游记》 1975年5月25日 读卖新闻社→讲谈社文库 按《西游记》的路线旅行，以幽默风趣的语言讲评中国奇书。 《龙虎风云》 1973年3月5日 中央公论社→中公文库 明末海商兼海盗头子郑芝龙称霸南海之野心。 《旋风儿郑成功》（上、下） 1977年10月16日 讲谈社→讲谈社文库 充满浪漫主义色彩的历史小说。描写生母为日本人的国姓爷郑成功荡气回肠的人生经历。 《战国海商传》 1990年2月8日 讲谈社→讲谈社文库 企图纠合推翻明朝势力的中国顶尖富豪。 《叛旗——小说“李自成”》（上、下）（原著姚雪垠、合译陈谦臣） 1982年10月20日 讲谈社→德间文库 描写明末如彗星般跃上历史舞台的一代枭雄李自成之人生经历。获日本翻译文化奖。 《印度三国志 沙尘之梦》 1984年6月12日 平凡社→讲谈社文库 描写莫卧儿王朝在以东印度公司为先锋的英国霸权威胁下走向灭亡的历程。 《伊斯坦布尔》 1982年4月20日 文艺春秋→文春文库 东西文化的碰撞。皇帝及苏丹编织的华丽世界。

清	自1636年	《聊斋志异考 中国妖怪谈》 1994年4月7日　中央公论社→中央文库 由幽明路异的男女所编织的东方梦幻世界。 《鸦片战争》（上：沧海篇） 1967年10月10日 讲谈社→讲谈社文库 《鸦片战争》（中：风云篇） 1967年10月20日 讲谈社→讲谈社文库 《鸦片战争》（下：天涯篇） 1967年10月30日 讲谈社→讲谈社文库 描写清末鸦片所带来的内忧外患，记录近代中国黎明前所经历的万般曲折。 《鸦片战争实录》 1971年6月25日 中央公论社→中公文库 再现鸦片战争给东亚近代史带来的巨大冲击。 《香港》 1997年6月25日　文艺春秋 讲述在中国现代化进程中发挥巨大作用的香港从被割让到回归的历史。 《太平天国》（一—四） 1982年7—11月 讲谈社→讲谈社文库 崛起于金田村的洪秀全以及虽有理想但终至破灭的太平天国所散发出来的光芒。 《琉球之风（一）怒涛卷》 1992年9月24日 讲谈社→讲谈社文库 《琉球之风（二）疾风卷》 1992年10月14日 讲谈社→讲谈社文库 《琉球之风（三）雷雨卷》 1992年11月5日 讲谈社→讲谈社文库

		历史剧。描写败于萨摩之后的琉球在复兴过程中所拥有的骄傲和苦恼。 《天球飞翔》（上、下） 2000年4月25日 每日新闻社 “太平天国”中的一些中国人曾对新天地“花旗国（美国）”有过向往，他们在“太平天国”的理想破灭之后，来到了美国。描写作为既是中国人又是琉球人的梅天球所走过的足迹。 《大江不流　小说甲午战争》（上、中、下） 1981年7—9月 中央公论社→中公文库 长篇历史小说。生动描述了甲午战争由战争转向和解的整个过程。 《北京悠悠馆》 1971年2月24日　讲谈社→集英社文库 以日、清（中国）、俄三国紧张的国际关系为背景，以当时所发生的事件为主要内容的长篇推理小说。 《中国近代史札记》 1976年10月30日　朝日新闻社→朝日选书（改名为：《中国近代史之群像》） 亮相中国近代史，影响那个时代的各种人物之列传。 《黎明前的中国》 1979年9月20日 朝日新闻社→朝日选书 中国近代史的入门书。对于和现代有关的中国近代所发生的所有大事做出通俗易懂的解读。

中华民国	自1912年	《焚画于火》 1996年9月20日　文艺春秋→文春文库 推理小说。描写一名年轻人为父亲洗刷“贪污辛亥革命资金”的罪名而找寻真相的故事。 《黑暗中的金鱼》 1977年5月20日　讲谈社→德间文库 讲述在孙中山等革命势力兴起的中国，人的命运被错综复杂的历史大潮所左右的情景。 《青春的烙印 神田希望馆》 1975年12月10日 讲谈社 描写一群中国留学生在神田希望馆（专为中国留学生提供的住宿场所）所度过的青春岁月。 《桃花流水》（上、下） 1976年10—11月　朝日新闻→中文文库 描写一位中国女性为追求“桃花流水”般的理想，而毅然投入到抗日战线中去的波澜壮阔的人生。 《玉岭的叹息》（又名：《重见玉岭》） 1969年1月10日　德间书店→德间文库 描写一个日本青年学者在战乱中的中国爱上中国少女的故事。 《山河在》（上） 1999年11月15日 讲谈社

		以成长在旋涡之中的青年人视角，把握从关东大地震到“九一八”事变的历史真相。描写抗日战争爆发前夜的长篇历史小说。 《山河在》（中） 1999年12月15日 讲谈社 从孙中山北伐到张作霖被杀，中国局势在统一的过程中始终处在动荡不安的状态，但年轻人却在波涛汹涌的新时代里迅速成长。 《山河在》（下） 2000年1月15日 讲谈社 中国因“一·二八”事变而化为战场，一个青年却在抗日运动高涨之时，背负“华侨”身份艰难度日。 《残丝之曲》 1971年4月30日 朝日新闻社→德间文库 在日中关系激烈变化的时代，一个青年为寻求自己出身的真相，投身到地下抗日活动中。描写主人公所经历的各种精神洗礼。 《愤怒的菩萨》 1962年12月5日 桃源社→集英社文库 一部以抗日战争为背景，以追查台湾菩萨山所发生的杀人案为主要内容的推理小说，再现了台湾在1946年战争结束后的风土人情。 《燃烧的水柱》 1978年12月10日 德间书店→德间文库 长篇小说。以色彩鲜明的笔触勾画出一群年轻人在日中关系特别黑暗的日子里，攻坚克难的情景。

中华人民共和国	自1949年	《梦醒的关口》（上、下） 1991年6月24日 以悠闲的笔触描写了上海知日派财阀的战后史。 《相思青花》（上、下） 1987年2月10日　讲谈社→讲谈社文库 “相思青花”是一组青花瓷的总称，是为相思而特制的青花瓷，而制成之后几经聚散又惹出了更多的相思和更广泛的情缘。 《枯草之根》 1961年10月15日　讲谈社→讲谈社文库 腊月的某一晚，一个年老的中国人被杀。日本记者和“桃源亭”的主人陶展文共同追踪这一谜案。

作者主要的获奖荣誉及作品类型

◎第七届江户川乱步奖（1961年）

《枯草之根》

◎第60届直木奖（1968年下半期）

《青玉狮子香炉》　1969年3月20日　文艺春秋→文春文库

玉匠李同源与精心制作的玉器——青玉狮子香炉的邂逅。

◎昭和国四十五年年度日本推理作家协会奖（1970年）

《重见玉岭》

《孔雀之路》　1969年2月20日　讲谈社→讲谈社文库

父亲为英国人、母亲是日本人的主人公在日本所发生的故事。

◎每日出版文化大奖（1971年）

《鸦片战争实录》

◎神户市文化奖（1974年）

◎第三届大佛次郎大奖（1976年）

《敦煌之旅》

◎第二十届日本翻译文化大奖（1983年）

《叛旗——小说“李自成”》（与陈谦臣合译）

◎第三十六届广播电视文化奖（1985年）

◎第四十届读卖文学奖（1989年）

《茶事遍路》

◎第二十六届吉川英治文学奖（1992年）

《诸葛孔明》

◎朝日奖（1993年）

◎日本艺术院奖（1995年）

◎第三届井上靖文化奖（1996年）

中国通史

《中国历史》（一—十五）

1980年11月—1983年6月　　平凡社

划时代的中国通史。以丰富的资料及渊博的学识考察悠久的中国历史。

《中国历史 近现代篇1 黄龙不振 义和团前后》

1986 年 12 月 10 日　　　　平凡社

《中国历史 近现代篇2 落日黄昏 革命前夜》

1987 年 5 月 25 日　　　　平凡社

《中国历史 近现代篇3 黎明烽火 辛亥革命》

1988 年 5 月 25 日　　　　平凡社

《中国历史 近现代篇4 大同之梦 民国诞生》

1991 年 7 月 1 日　　　　平凡社

再现中国迈向近代化的苦难历程和历史真相。

《小说十八史略》（一—六）

1977 年 11 月—1983 年 11 月　　每日新闻社→讲谈社文库

由中国中原卷起的风云、英雄、豪杰以及美人所构成的历史群像。

《中国五千年》（上、下）

1983 年 11—12 月　　平凡社→讲谈社文库

从神话时代到现代，中国连绵五千年所走过的足迹。

游记及历史纪行

《敦煌之旅》

1976年7月9日　　　　平凡社→讲谈社文库

“丝绸之路”上的敦煌千佛洞参观记。

《丝绸之路之旅》

1980年11月21日　　　　平凡社

脚踏远古先人们留下的足迹，内心充满浪漫和梦幻。

《北京之旅》

1978年11月10日　　　　平凡社

带着“我爱北京”的情怀，讲述北京四季和历史的名纪行。

《中国陶瓷纪行　景德镇》

1979年10月9日　　　　平凡社

漫步景德镇，破解陶瓷的魅力及谜团。

《中国历史之旅》

1981年4月29日　　　　平凡社

行走在蕴藏五千年历史的大中国。

《丝绸之路之旅札记》

1981年4月29日　　　　平凡社

借丝绸之路上的各种文物讲述中国历史的纪行随笔。

《丝绸之路游历》

1985年10月25日　　　　　　日本放送出版协会

作者不畏艰难，行走西域，以丰富的学识、优美的文字讲述异域故事。

《英雄长在》

1983年6月28日　　　　　　平凡社→讲谈社文库

走访《史记》《三国志》《唐诗》《西游记》《水浒传》涉及的背景地后而写成的历史随笔。

《纸张之路（纸路）》

1994年10月13日　　　　　　读卖新闻社→集英社文库

探访蔡伦所发明的造纸术历经千年传往西方的路径。

《茶事遍路》

1988年4月30日　　　　朝日新闻社→朝日文库(改名为:《茶之话》)

探寻茶文化之起源。当地考察与文献记载相互结合的历史纪行。

汉诗集

《风骚集　陈舜臣诗歌集》

1984年2月18日　　　　　　平凡社

时有所感，喷涌而出，欣然命笔，得诗数首。

人物传

《中国画人传》

1984年8月15日　　　　新潮社→新潮文库

描写中国47位画人在动荡不安的时代里，怎样克服艰辛继承历史和传统的人生经历。

《中国畸人传》

1987年11月25日　　　　新潮社→新潮文库

畸人具有超拔的思维和强烈的自我意识，作品描写了他们在动乱时代里的人生经历。

《中国诗人传》

1988年12月26日　　　　新潮社→新潮文库

作品对中国诗坛上的巨匠们进行了介绍，记述了他们的诗作和生涯。

《中国英杰传》

1991年10月20日　　　　中央公论社→中公文库

书中收录了中国史上16位充满魅力的杰出人物，记述了他们前所未有、波澜壮阔的人生经历。

《中国任侠传》

1973年2月25日　　　　文艺春秋→文春文库

武侠小说。描写了终生致力于“任侠”之路上的豪杰们行侠仗义、纵横天下的故事。

《中国任侠传续》

1973年10月25日　　　　　文艺春秋→文春文库

武侠小说，将侠肝义胆、豪情万丈的武侠世界生动地展示在人们的眼前。

《来自景德镇的礼物 中国工匠传》

1980年2月15日　　　　　新潮社→新潮文库

在8篇故事中，描写了工匠们为名器制作倾注智慧和心血，而命运却波折起伏的人生经历。

《“妖”气之谜》

1983年5月27日　　　　　讲谈社→中公文库

聚焦历史上那些光彩夺目的美女、妖女、恶女，对其独特魅力进行解析。

随笔集

《局外人之眼》

1972年7月8日　　　　　讲谈社→讲谈社文库

富有深意的随笔：从中国人的思维方式看日本人的动向。

《日语与汉语》

1972年10月1日　　　　　　　　祥传社

日语和汉语似是而非，是通过语言了解中国的入门书。

《美味方丈记》（与锦墩合著）

1973年5月30日　　　　　　　　每日新闻社→中公文库

由爱“吃”的夫妇精心调理出来的美味杂谈，既能滋养身体，又能快乐心情。

《兰之忆》

1977年10月25日　　　　　　　六興出版→德间文库

收录以中国为题材的漫谈随笔38篇。

《日本人与中国人》

1971年8月1日　　　　　　　　祥传社→集英社文库

从不同文化传统之角度，比较中国人和日本人之不同。

《日本式中国式》

1972年4月15日　　　　　　　德间书店→德间文库

解析中日间的偏见和误解，幽默诙谐里带有辛辣，通俗易懂中暗含逻辑。

《西域余闻》

1979年12月10日　　　　　　　朝日新闻社→朝日文库

历史随想：通过各种各样的文物，感受西域曾经的东西文化交流。

《弥缝录　中国名言集》

1980年7月23日　　　　读卖新闻社→中公文库

以中国谚语为题材，对现代社会进行激烈讽刺。

《九点烟记　中国史十八景》

1980年11月25日　　　　讲谈社→德间文库

远古中国分为九州。俯瞰历史的著名随笔。

《竹之忆》

1981年2月25日　　　　六興出版→德间文库

在森罗万象中探访悠久文化的起源。

《录外录》

1984年2月29日　　　　朝日新闻社→朝日文库

以固有的文化和宗教为背景，民族间不断上演着相争相克的惨剧。

《六甲山房记》

1987年4月10日　　　　岩波书店→岩波同时代文库

文化历史随笔：充满快乐的中国·亚洲之旅。

《东眺西望》

1988年4月8日　　　　讲谈社→讲谈社文库

探索古今东西的历史智慧。

《云外之峰》

1989年3月1日　　　　二玄社

从中国的历史和美术中，探寻古人的审美观。

《含笑花之树》

1989年11月10日　　　　二玄社→朝日文库

从中国山河、旅游、交友、回忆、身边杂事中所引发的各种随想。

《奔跑吧！蜗牛》

1991年11月30日　　　　二玄社

从日常琐事到历史大舞台，自由穿越时空时所获得的随想。

《儒教三千年》

1992年3月1日　　　　朝日新闻社→朝日文库

是宗教？是哲学？还是生活规范？探索日本人的道德原点。

《年号之还历　三灯随笔（一）》

1992年3月20日　　　　中央公论社→中公文库

大气而奔放的随笔，在机智和幽默中感受作者的丰富学识。

《仙药和鲸鱼　三灯随笔（二）》

1992年10月20日　　　　中央公论社→中公文库

讲述了语言背后所隐含的人生奥秘。

《雨过天青》

1994年10月15日　　　　　尚文日本→集英社文库

学识渊博兼带人情味，文笔清秀又有成熟美。

《随缘护花》

1995年3月16日　　　　　尚文日本→集英社文库

畅谈日中往来，寄思中国诗人。陈舜臣文学之精华。

《万邦宾客》

1999年3月10日　　　　　集英社

探访北京和台北的两个故宫博物院，既有对丝绸之路及中国边境的无限暇思，又有对中国珠宝的历史随想。